大封神

孙一 著

清华大学出版社

北 京

图书在版编目（CIP）数据

大封神 / 孙一著 . -- 北京：清华大学出版社，2025.1

ISBN 978-7-302-67652-2

Ⅰ. I207.419

中国国家版本馆 CIP 数据核字第 2024R64L91 号

责任编辑：严曼一
封面设计：彩奇风
版式设计：方加青
责任校对：王荣静
责任印制：杨　艳

出版发行：清华大学出版社
　　　　网　　　址：https://www.tup.com.cn，https://www.wqxuetang.com
　　　　地　　　址：北京清华大学学研大厦 A 座　　　　　邮　　编：100084
　　　　社 总 机：010-83470000　　　　　　　　　　　邮　　购：010-62786544
　　　　投稿与读者服务：010-62776969，c-service@tup.tsinghua.edu.cn
　　　　质 量 反 馈：010-62772015，zhiliang@tup.tsinghua.edu.cn
印 装 者：小森印刷（北京）有限公司
经　　销：全国新华书店
开　　本：170mm×240mm　　　印　　张：14.25　　　字　　数：215 千字
版　　次：2025 年 1 月第 1 版　　　印　　次：2025 年 1 月第 1 次印刷
定　　价：118.00 元

产品编号：104807-01

人类自诞生以来从未停止过思考——宇宙是如何形成的？人类从哪里来？世间万物又是如何产生的？于是就有了神的想象和传说。

远古时期人类对一切自然现象都充满无奈，无法征服自然，更无法认识自然。山川河流、日月星辰、风雨雷电等在当时的人眼中，都有着至高无上的灵性，能赐予人幸福，也能带给人灾祸，自然崇拜伴随着人类最初的自觉而产生，一个个自然力量被人格化，世界各地不约而同诞生出主管世间万物的各种神灵，神话体系也随之形成。中国，作为一个拥有五千年文明的古国，最不缺少的就是故事，然而，中国神话与希腊神话、北欧神话、希伯来神话等神话不同，并非谱系化一脉相承，也不是单纯地为宗教而生，中国神仙众多，既拥有"神性"，又拥有"人性"，他们相互交融又独立存在，他们形成于不同的地域空间，有着不同的机缘，使得整个中国神话体系显得错综复杂。

习近平总书记指出："中国人民是具有伟大梦想精神的人民。在几千年历史长河中，中国人民始终心怀梦想、不懈追求，我们不仅形成了小康生活的理念，而且秉持天下为公的情怀。盘古开天、女娲补天、伏羲画卦、神农尝草、夸父追日、精卫填海、愚公移山等我国古代神话，深刻反映了中国人民勇于追求和实现梦想的执着精神。"作为中国传统文化的一部分，神话代表了人类对于超自然力量的向往和追求，凝聚了中华民族几千年来的信仰与智慧，体现了中华文化中对于命运与自然等问题的思考与探索，蕴含了丰富的哲学思想与道德资源。

神灵的传奇故事通过史书记载，文学著作传颂，经过几千年不断发展提炼，耳熟能详又神秘莫测。上古诸神散见于《山海经》《庄子》《淮南子》等，随着

朝代更迭文化传承，神仙队伍也逐渐壮大，玉皇大帝、道教三清、二十八星宿等悉数登场，一部《封神演义》更是封出365位神仙。对于各路神仙来说封神不仅象征着荣耀，更是一种责任和使命，要用自己的力量去保护一方安宁。有了封神的经验，更多的仙灵奔着天庭体制的大门，纷至沓来，各种接地气的神仙应运而生，风神、书神、衣服神、筷子神……可谓管天管地管空气，事无巨细。中国的神仙有多少？据传说知名的就有739位，还有些默默无闻守护神，宛若繁星。神仙队伍也由原来的"天庭小分队"成长为颇具规模的神仙体系。在此我将神仙大致分为三类：天神、人神、地神。

天神应该算是神仙体系中级别最高的存在，相传是负责掌管天地之间的秩序，能够操纵自然，广为人知的有玉皇大帝、王母娘娘、天机官等。

人神即民间种种接地气的神仙，也作地祇。中国神话传说中，山川河流、城市乡村，大千世界的各个角落，都住着神仙，神仙无处不在，神仙就在我们身边。俗话说"举头三尺有神明"，意思是神仙就在我们身边，时刻监察着我们的一举一动，提醒我们在做任何事时都要有敬畏之心。神仙与我们的生活息息相关：厨房里有灶王爷，门上有门神，甚至厕所都有厕神，就连我们的身体里都住着神仙。"六神无主"这个成语不陌生吧？但可知心、肺、肝、肾、脾、胆各住着一位神仙，这样一来，不仅我们生活在神仙之中，我们自己不就是个"小神仙"吗？只是不自知罢了。

地神，相传是地府神。冥府之路不寂寞，奈何桥上有孟婆，阎王殿上有阎罗。某种程度上，地府的神仙并不可怕，他们充当着执法者的角色，时刻警示世人，

要积德向善。

很多人一提到神仙就觉得是封建迷信，是旧时代思想的糟粕，其实很多神仙的原型都是功高德厚的榜样人物，被后世供奉为神明，并非怪力乱神。在中国的传统文化中，神仙有德育教化的作用。神仙的存在，是人类对自然的敬畏，是信仰与智慧，是中华民族独有的文化传承，也是中华民族的精神寄托和文化产物。

本书共收录了百余位神仙，有宇宙大爆炸时开天辟地的创世神盘古，有从新石器时代走来的翩翩少年雨神赤松子，有突然出现在唐朝月下的红线老人柴道煌，有北宋建隆元年的奇女子妈祖海神，更少不了封神榜这一超级神仙天团……仙气飘飘的天神，民间那些接地气的神，翩然从书中走来。

本书意在探讨中国传统文化，研究历史人文，带领大家探讨传说中的神仙，揭秘众多耳熟能详的神仙的前世今生，探究中华文化的深层含义。走进神秘浩瀚的神话世界，你会发现，其实我们每一个人都是神仙，每时每刻都在创造神话。

本书从构思到截稿完成得很快，身边的朋友直呼惊奇，说书如其名，一定有神秘力量加持。其实《大封神》能够如此顺利与读者见面，要感谢整个创作过程中给予我支持和帮助的所有人，特别感谢为本书创作插图的郭赤业、魏青青及四平广播电视台的安凡、王莹，是他们的鼎力支持才让我如有神助。我本是个说书人，最爱将肚子里的故事一吐为快，所以也要感谢读者朋友们，让我有一个与大家分享故事的机会。感谢宽厚的读者。

孙一

2024 年 10 月

扫码收听

❶巡天督查史——光明神

说起姜子牙，绝对是《封神榜》中最耀眼的存在，文能治国安邦，武能排兵布阵，统帅三军。作为全能型人才，他不负众望，圆满完成敕封365位正神重任。然而，诸多神位之中却没有他的位置，那么，姜子牙究竟是人还是神？

其实他的师父元始天尊早就给出了答案。姜子牙下山之际，元始天尊对他说："你生来命薄，仙道难成，只可享人间之福。成汤数尽，周室将兴。你与我代劳，封神下山，扶助明主，身为将相，也不枉你上山修行四十年之功。此处亦非汝久居之地。"这话再明显不过了，你可以享受人间荣华富贵，亦可以登堂拜相，但就是与仙道无缘。姜子牙委屈呀，苦修四十年，七十二岁一无所成，正常人这岁数都进养老院了，自己还背负个给天庭招聘"公务员"的使命，愁得天天在河边钓鱼，幸好西伯侯姬昌及时出现，终于找到了组织，就此华丽蜕变，正式开启兴周灭商大业，一干就是好几年。兢兢业业的姜子牙满怀欣喜等到封神这天，本想着给自己留个玉皇大帝的位置，奈何人心拧不过天道，关键时刻让张友仁给占了去，只能打碎了牙往肚子里咽，事已至此，只能收拾好心情回玉虚宫向元始天尊复命，并欲上交杏黄旗和打神鞭，元始天尊摆摆手，让姜子牙将打神鞭留在身边，一来防身，二来履行监察诸神之责。由此姜子牙虽无名分，却成为无冕之王，代天巡查，每到一处神仙都要退让三分，众神都称他"巡天督查史"，这便是"太公在此，诸神退位"的由来。要说这工作也不好干，得罪神仙不说，每天来回巡查太累，别的神仙都有个宫，有个府，没有神职的他只能蹲灯笼上做片刻安歇。民间百姓觉得姜子牙太惨了，便尊他为灯笼神，即光明之神，寓意照亮黑暗，扫除邪祟。

历史上姜子牙确有其人，也确是周朝开国元勋之一，智勇双全，辅佐周文王、周武王两代君主，奠定了周朝八百年基业。姜子牙是中国历史上罕见的卓越非凡的韬略家、军事家与政治家，他的思想对于儒家和法家影响深远，被誉为百家师宗，他的一生充满传奇与神秘，是悠悠历史长廊中一道绮丽绚烂的光。

【姜子牙】

扫码收听

❷创世神——盘古

传说太古时代，宇宙一片混沌，像个巨大的鸡蛋，在鸡蛋中间孕育着一颗灵珠，不知过了几万年，灵珠汲取精华幻化成一个沉睡的巨人，后世称他盘古，盘古整整睡了一万八千年，随着时间的推移，盘古慢慢觉醒，当他睁开双眼发现周围鸿蒙一片，这让他感到十分寂寞甚至有些烦躁。他站起身来，使劲挺直腰杆，只听一声巨响，"鸡蛋"裂开，无数道光穿过朦胧的迷雾投射进来，照在盘古身上也照在盘古心里。

盘古正看着光发呆，裂缝处一颗碎片盘旋着落下，盘古伸手去接，瞬间凝成一把巨斧。盘古握紧斧子，一种前所未有的冲动涌上心头——他要打破这种束缚。想到这，盘古站起身用尽浑身力气挥舞手中巨斧向混沌砍去，"鸡蛋"刹那间被劈成两半，里面的清气徐徐上升，浑浊之气缓缓下沉，天地就此形成。

盘古深吸一口气，感觉无比畅快，望着初开的天地，欣喜万分，想着终于可以安稳地睡会儿。刚要躺下，天地开始震动，似有合拢之势，盘古眉头紧蹙，不忍辛苦开辟的天地再次陷入黑暗，于是他将自己当做立柱，顶天立地，双手擎住天，双脚稳稳地踏在大地之上。随着时光流转，天每日增高一丈，地每日增厚一丈，盘古的身体不断增长，如此度过了漫长的一万八千年，天和地已相隔九万里，盘古也耗尽了最后力气。在倒下的前一刻盘古调动体内灵气，将身体化育成世间万物：他的肌肤化作辽阔的大地，四肢化作东西南北四极，骨骼化作高原大山，血液化作江河湖泊，呼吸化作风和云，声音化作雷霆，左眼化作太阳，右眼化作月亮，须发化作繁星，牙齿化作珍宝……盘古用自己的生命换来新世界的丰富和美丽。

盘古的最后一缕灵气精华聚集在舌头上，化作一个阴阳结合的神，这位神继承了盘古的智慧，后世称其为女娲。

盘古

❸ 人类始祖——女娲

创世神盘古将最后灵气汇聚至舌头上，化作一位人身蛇体的神，后世称为女娲。与其说是蛇不如说更像是舌，因舌头分上下阴阳两面，女娲出世便为阴阳合体。随着时间的推移，世间万物逐步走向正轨有序发展，女娲才以女性形象出现，也正因女娲雌雄同体的特性，才使女娲造出的人有男有女。

女娲来到盘古创造的天地间，望着山川河流，沐浴着阳光，感受着微风习习，心旷神怡，她迷恋这眼前的景色，她的基因里似乎还隐约残留着盘古的记忆，要守护这来之不易的天地。于是她取出自己一段肠，化作十个神协助自己管理这世界。女娲继承了盘古的精气灵力，一天之中能作七十次变化，她将身上的毛发撒向大地，刹那间，生灵诞生，莺飞燕舞，呦呦鹿鸣，鱼游浅底，一派生机。

世界变得繁华起来，十个神被女娲派往各地各司其职。不久，女娲体会到盘古数万年间的孤寂。这天，她坐在河边梳洗，望着河中自己的倒影，一个想法油然而生。她拿起河边的泥土，照着自己的样子捏成泥人，又将泥人尾巴变成双腿，一个、两个、三个……很快十几个泥人有模有样地站在女娲面前，女娲向泥人吹了一口气，小泥人立刻动了起来，有说有笑、手舞足蹈，女娲欣喜万分，又仿照这种方法捏了好多泥人。过了七天七夜，女娲觉得这样效率太低，于是拾起藤条沾着泥浆向天空挥洒，泥点落在地上，变成一个个小人。

传说泥点落在高处的便是上等人，如帝王将相；落在中间的便是平民；而落在地上摔坏的，就会有些先天疾病或残缺。所谓人无完人，各有差异便源于此。但不管怎样，人类就此繁衍下来，且生生不息。

女娲

❹渡劫千年的上古大神——清福神

扫码收听

浮生漫漫，步履匆匆，时常忙碌，偶尔偷闲，总盼着闲云野鹤般尽享清欢，可这清闲，也有神仙管，那便是"清福神"柏鉴。

柏鉴本是轩辕黄帝麾下一名总兵，骁勇善战，屡立战功，那一年黄帝与蚩尤决战中原，打了整整七七四十九天，史称"涿鹿之战"。战争到了白热化阶段，柏鉴统领千军一路冲杀在前，几轮进攻下来，蚩尤被打得跌落熊猫——没错，蚩尤的坐骑就是熊猫。别看现在的熊猫这么萌，那时的熊猫十分凶残，被叫做食铁兽。

言归正传，黄帝见蚩尤落单，忙催战车想将其生擒活捉，九黎部落发现首领有难，忙发射火器掩护。眼看一束束流星般的火光冲向黄帝，柏鉴率人及时出现，黄帝的危机解除了，柏鉴却被火器所伤跌落东海。冰冷的海水很快让柏鉴失去意识，血腥味也引来鱼群将肉身分食，柏鉴的灵魂却被封印在东海，这一停留便是千年，直到姜子牙的出现。

闻太师派张桂芳征讨西岐，姜子牙回昆仑山向元始天尊求助，元始天尊交给姜子牙一张"封神榜"，并让他在岐山建造一座封神台，又告诉他，东海有一个人在等他。这个桥段有点像唐僧五指山下救悟空，但唐僧是文职干部，咱们的姜太公可是文韬武略会法术的。来到东海，姜子牙使出绝技"五雷正法"，霎时间天雷滚滚响彻云霄，海面波涛翻滚，巨浪滔天分作两边，水汽中升腾出一人，正是柏鉴。历劫千年，终于重获自由，柏鉴双膝跪倒叩谢姜子牙解救之恩，姜子牙将他带到西岐，根据元始天尊法旨，择良辰吉日下令柏鉴建造封神台。

姜子牙主持封神大典，第一个封柏鉴为"三界首领八部三百六十五清福正神"，柏鉴即刻上任，手执百灵幡引领封神大战中丧命将士的灵魂进入封神台。渡劫千年，这一刻，柏鉴终于得以圆满，可以舒心地享清福了。

【清福神】

❺冲锋在先的三山正神

　　三山五岳是中华民族的摇篮，承载了中华民族深厚的历史文化意义。五岳的界定非常清晰，那么，三山究竟是哪三座山呢？有的人说，三山指的是三条山脉：昆仑山脉、喜马拉雅山脉、天山山脉，龙脉就隐藏在这三条山脉之中，世世代代保护着人们。有的人说，三山指的是海上的三座神山：蓬莱、瀛洲、方丈，修仙得道的人都住在上面，令世人向往。还有人说，所谓三山其实指的就是三界之内的所有山，即人间的山、天界的山、地府的山。可谓是众说纷纭，莫衷一是。那么，三山神又是谁呢？他就是黄天化。

　　黄天化出身名门望族，父亲是武成王黄飞虎，家族三代都是忠臣良将。他身高九尺，体格健壮，面容白净，头戴金冠，身披金甲红袍，手持一对亮银锤，腰挎一把莫邪宝剑，坐骑是不可多得的神兽玉麒麟，武艺高强，有万夫不当之勇，妥妥的高富帅一枚！

　　黄天化是个急脾气，性格像烈火一样，自小头顶上就带着一股杀气。三岁的时候，黄天化正在自家后花园独自玩耍，突然眼前出现了一个长须飘飘的道长——清虚道德真君。原来黄天化头顶的杀气直冲云霄，刚巧挡住了道德真君的云路，于是他忍不住下来看个究竟。清虚道德真君一见黄天化忍不住道："哎呀，这个孩子可不一般啊！"于是招呼都不打，擅自将黄天化带走，收他为徒，在青峰山紫阳洞中学艺。

　　道德真君非常喜欢这个徒弟，不但精心传授武艺，还给黄天化配备了许多法宝。在武王伐纣时，黄天化奉师父之命下山，一方面是为了救父，另一方面也是为了助力伐纣大业，从此成为姜子牙手下的得力干将。黄天化作战勇猛，每次打起仗来都冲在最前面，奋不顾身，深受姜子牙的器重。后来在攻打金鸡

【三山正神】

岭的时候，黄天化遇到了纣王的大将高继能。高继能有一个蜈蜂袋，里面暗藏一大群有毒的蜈蜂。两人激战之中，高继能悄悄打开了袋子，有毒的蜈蜂冲着黄天化就飞了过来。黄天化武艺高强，蜈蜂拿他没有办法，就转而攻击玉麒麟，蜇伤了玉麒麟的眼睛。玉麒麟疼痛难耐，本能地抬起前蹄，结果将黄天化从背上甩了下来，高继能一看机会来了，立马抢上前去一枪刺中黄天化，黄天化就此毙命。

封神的时候，姜子牙看到黄天化，想到他一代名将却死于宵小之手，很是心痛："每次冲锋你都是第一个，跑在最前面，封神的时候我也不能让你落到后面去。"于是将他封为"三山正神炳灵公"，在整个封神榜单中位列第二，掌管天下所有的山神。中国是一个多山的国家，有名有姓的山就有百余个，其他不知名的小山更是不计其数，这支数量庞大的山神队伍都由黄天化统一领导和指挥。

⑥共生死的五兄弟——五岳神

扫码收听

五岳，在中国的传统文化以及中国人的观念中具有非常重要的地位，其拥有悠久的历史与深厚的文化底蕴，是中华文明重要的历史见证。五岳是以中原地区为中心，按照东西南北中的五大方位命名的，分别为东岳泰山、南岳衡山、中岳嵩山、西岳华山、北岳恒山。姜子牙斩将封神时，特意封了五岳神，民间也叫五岳大帝，那么这五位神仙是谁呢？

东岳大帝是黄飞虎，封号为"东岳泰山天齐仁圣大帝"，是五岳神之首。黄飞虎出身豪门贵族，武艺非凡，熟知兵法，身着金装盔甲，丹凤眼、卧蚕眉，五绺长髯随风飘扬，手持金攒提芦枪，骑着五色神牛，法宝是金眼神鹰。作为东岳大帝，他的主要工作是管理人间贫富贵贱、吉凶祸福；同时，还是幽冥地府十八重地狱的"一把手"。所有经历生死的人，不管结局是飞升上天，还是转世投胎，抑或是成为恶鬼，都要由黄飞虎根据其生平做出判定。

南岳大帝是崇黑虎，封号为"南岳衡山司天昭圣大帝"，自幼随仙人修炼，兵器是两柄湛金斧，骑着火眼金睛兽，法宝是一只铁嘴神鹰，与人交战时，随时从红葫芦中放出啄人。作为南岳大帝，他是江河湖海四路神仙的总统领，负责协调他们之间的关系，促进他们的合作，同时还管理着世间的各种走兽。

中岳大帝是闻聘，封号为"中岳山中天崇圣大帝"，坐骑为青骢马，兵器为托天叉，掌管所有的山川、土地，是各路土地神和山神的领导人。

西岳大帝是蒋雄，封号为"西岳华山金天愿圣大帝"，坐骑为乌骓马，兵器为五爪烂银抓。他主要负责五金、冶炼等相关事宜，另外，只要是有羽毛的，能飞的飞禽也都归他管。

【五岳神】

北岳大帝是崔英，封号为"北岳恒山安天玄圣大帝"，坐骑为黄膘马，兵器为八楞熟铜锤。崔英专管人间正道，确保社会生活井然有序，所有事情正常运转，杜绝一切邪门歪道、鸡鸣狗盗。他大概是五岳大帝中事务最为繁忙的一位了，每天起早贪黑地奔波于民间，忙得团团转。

黄飞虎原来是殷商的镇国武成王，后来弃暗投明，在去往西岐的路上与崇黑虎、闻聘、蒋雄、崔英相识，结伴投奔了武王，一起在姜子牙麾下效力，在渑池与纣王大将张奎的战役中，五个人不幸全部阵亡。姜子牙封神的时候一琢磨："这五个人一起投奔西岐，又一起死在阵前，真是共生死的好兄弟啊！"于是将他们封为五岳神，共同掌管名山，守望相助，相互扶持。

❼宇宙最强捡漏王——玉皇大帝

有这么一位神仙，在人间出镜率最高，或悲或喜，人们都愿意将他呼唤，尤其在感到惊讶和恐惧的时候，更是不假思索地脱口而出——"我的老天爷呀！"

那么人们口中的"老天爷"到底是谁呢？不是别人，正是众神世界的最高统治者——玉皇大帝，全称"昊天金阙无上至尊自然妙有弥罗至真玉皇上帝"，又称"昊天通明宫玉皇大帝""玄穹高上玉皇大帝"。他统领天、地、人三界，管理世间万物，拥有最高神权。然而，就是这样一个无敌的存在，却是捡漏得来的。

话说玉皇大帝原名张友仁，本是姜子牙帐下一名旗手，既无显赫军功，也无惊人韬略，但日日随军倒也混个脸熟。姜子牙辅佐武王伐纣，汇集八百诸侯孟津观兵，张友仁也是阵阵落不下，跟随周武王联军挥戈东进，从汜地渡黄河直入中原，在牧野与商朝军队展开激烈决战。十七万商军不堪一击，转瞬土崩瓦解，周军将士士气高涨，一鼓作气杀进朝歌，城内的纣王自知大势已去，无力回天，自焚于摘星楼。神奇的是几番鏖战下来，张友仁居然毫发未伤。

商朝覆灭，周武王开始对遇难阵亡的功臣论功行赏，姜子牙奉元始天尊旨意，担当封神大任。只见太公全装甲胄，左手执杏黄旗，右手执打神鞭，威风凛凛登上封神台，绕台三匝，拜毕天地，站立中央，张友仁等旗手昂首挺胸站立两旁。姜子牙念道："今奉太上原始敕命，封柏鉴为三界首领八部三百六十五位清福正神之职；特敕黄飞虎为东岳泰山天齐仁圣大帝之职；敕封闻仲为九天应元雷声普化天尊之职……"在场众人激动万分，满怀期待望着封神台，姜子牙封完雷部封火部，封完三十六天罡封七十二地煞，唯独玉皇大帝的宝座一直空着迟迟未封，众人不禁问道："玉皇大帝之职谁来担任？"姜子牙本意是要留给自己，伐纣兴周一路走来，自己功劳有目共睹，当个玉皇大帝并不为过，但被众人这么一追问倒不好意思开口直言，只得故作镇静，手捻胡须微笑道"有人坐，有人坐"。封神大典继续进行，眼看三百六十五位正神就要全部封完，玉皇之位依然空缺，大家不禁好奇。"太公，这玉皇大帝宝座究竟让谁坐？"姜子牙不紧不慢还是那句话"有人坐，有人坐"。说时迟，那时快，只见边上的张友仁扔掉手中迎风招展的大旗，几步跑到玉皇大帝宝座前，一屁股就坐在上面。众人被张友仁的举动惊住了，姜子牙整个人都麻了，用手点指，激动得一时语塞："你，你怎么坐上去了？"张友仁有些胆怯又兴奋地说："我就是友仁，太公，您不是说让友仁坐吗？"

姜子牙瞬间感觉自己石化了，眼神中充满惊讶和崩溃。另一旁的旗手见此情景瘫坐在地上，嘴里叨念着："我的老天呀！"张友仁闻声转头笑着应道："唉！"

事已至此，全是天命，只得将错就错，宇宙最强捡漏王就此诞生！

【玉皇大帝】

❽ 奉心救父的孝女——王母娘娘

扫码收听

　　王母娘娘和玉皇大帝究竟是什么关系？这一八卦话题恐怕已经成为困扰天、地、人三界的历史性谜团。有人说是母子关系，因为称为王母，即王的母亲；有人说是夫妻关系，老两口，感情缠绵悱恻；还有人说什么关系也没有，是纯粹的同事，各管天庭一摊。但受《西游记》广泛传播影响，人们普遍认为，他们是夫妻关系。那究竟是怎么回事呢？这要从一个叫杨回的女人说起。

　　相传杨回是一个孝女，自幼丧母，与父亲相依为命，为了不让杨回受委屈，杨父也一直未娶，怎奈天有不测风云，本是寻常的风寒却让杨父一病不起，三个月汤药下去也不见起色，病情反而加重，十里八村的郎中都束手无策。这一日杨回正在河边浣洗衣物，闻听村中来了位巫医，可治百病。杨回立刻放下手中捣衣杵，急忙赶回村里，再三恳求下将巫医请到家中，巫医为杨父把脉后面露难色。

　　"大夫，我爹得的什么病？能治好吗？"杨回急切地问。

　　"你父为心血衰竭之症，通常的药物恐无力回天。"巫医摇摇头。

　　"那用什么能治好我爹？您一定有办法的是吧，求求您了！"杨回双眼噙满泪水。

　　"有，但是……"巫医欲言又止。

　　"大夫您但说无妨。"

　　"需要人心做药引，而且必须是亲人的心。"

　　"亲人的心？"

　　"对，你要知道，无心之人恐难活命。"说着，巫医收脉枕入箱，起身准备离开。

　　本来愣在原地的杨回见巫医要走，忙拦在面前："我愿意。"

　　巫医不确定自己的耳朵："你说什么？"

　　"挖我的心，我要救我爹。"杨回坚定地说。

"你确定？"巫医再次确认。

"确定！"

说完，杨回转身跑去厨房，一声低低的惨叫过后，满身是血的杨回踉踉跄跄走出来，捧着一颗心脏交到巫医手上。巫医动作极快地将心入药让杨父服下，杨父紧闭的双眼缓缓睁开。杨回见父亲苏醒，紧绷的精神松懈下来，整个人也没了力气，头上的汗雨水般往下淌，眼睛也开始模糊，眼前的一切似乎都在晃动，她意识到自己可能不行了，用最后一丝力气强撑着身体走出家门，她不能让父亲看见自己这个样子，她要离开，去河边，水是神圣的，也许能将自己送到已逝母亲的身边，但无心的身体哪能支撑得那么久，没走出门口几步，杨回两眼一黑栽倒在地。

一片祥云从杨回头顶飘落，正是女娲从此路过，被孝女奉心救父所感动，特来助杨回升仙。有了女娲的加持，杨回的灵魂来到南天门外，此时正巧遇见玉皇大帝乘坐八景銮舆回太微玉清宫，金风玉露一相逢，一眼便是万年，从此后，玉帝身边多了位王母娘娘。

【王母娘娘】

扫码收听

⑨坠落到人间的太阳——财神

万万没想到，拥有无尽财富和智慧的财神居然是太阳！难到财神爷还有第二职业，太阳神？那你可想多了，他的前身被称做"日精"更准确，故事还得从后羿射日说起。

相传古时候有十个太阳，本应轮流滋养万物，可时间长了，总是一个人值班，难免感觉孤独寂寞，于是，就有了十个太阳同时出现在天空的景象。他们团建是玩嗨了，却给人间带来灾难。后羿不忍生灵涂炭，张弓搭箭射下九个太阳，其中八个太阳坠入大海，化作海上八仙，还有一个太阳想要挣扎，奈何后羿神弓无敌，最后撞在金银山上，虽粉身碎骨却换得万道霞光。后来这个太阳转世为人，投胎到殷商，成为法力无边的赵公明，加上金鞭、缚龙索和定海珠的加持，不仅战得西岐节节败退，就连姜子牙也险些命丧他的金鞭之下，一时间可谓风光无限，但最后还是落得个被斩杀的下场。封神时，姜子牙不计前嫌，封赵公明为"金龙如意正一龙虎玄坛真君"，统管天下钱财。

但赵公明可不是光杆司令，手下还有招宝天尊、纳珍天尊、招财使者和利市仙官，也称"东西南北四路财神"，赵公明作为中路财神，头戴铁冠，左手持金元宝、右手持金鞭，身跨黑虎，黑面虬髯，威风凛凛，妥妥的霸道总裁，颇受百姓喜爱。

"财神入门来，四季广招财，日进千箱宝，时得万里财，五路财神到，四方贵人来，童子与郎君，招宝又催财。"民间供奉财神者数不胜数，但你可知道，供财神也是有说法的。古时候但凡供奉总财神的，都是王府、六部、大钱庄等大衙门，寻常百姓多是供奉"东西南北四路财神"，也算是一种匹配。财神来到家中，除了招财纳福，还行使监察职责，如发现这家人心术不正，所得皆是不义之财，财神将对其进行惩戒。即使不供奉，也逃不过财神的法眼，因为咱们的财神爷时常到民间走访。所以，为人莫作亏心事，举头三尺有神明。

【财神】

扫码收听

⑩ 术业有专攻的文武财神

在中国的传统文化中，财神是最受人们欢迎的神仙之一，因此供奉财神的人很多，供奉的财神也各不相同。各行各业分别有自己供奉的财神，文有文财神，武有武财神。

文财神是纣王的叔叔比干，也是商朝的丞相，为人忠诚正直，刚正不阿。看到纣王因宠爱妲己而误国失政，比干心急如焚，屡次直言劝诫，因此惹怒了妲己，妲己对比干起了杀心。

有一天，纣王突然召见比干说："我的爱妃心痛病犯了，需要你的七窍玲珑心做药引方能治病。"比干大惊，痛斥纣王，结果纣王不但执迷不悟，还当场将比干的心剜了出来。比干虽然没有了心，但好在有法术护身，尚能吊着一口气，保住性命。他快步出了宫门准备回家休养，路过南城根时听到一个老妇人正在大声吆喝着卖菜："卖菜喽，新鲜的无心菜！"比干刚刚失去了自己的心，猛然听到"无心"二字，忍不住停住了脚步，扭头问她道："这位大嫂，你这菜没有心，能活吗？"妇人说："当然能活。""那人要是没有了心呢？""人若没有了心，怎么可能还活着，必死无疑啊！"比干一听此话，深受刺激，失去了生的信念，"哇"地一口鲜血吐出，倒地而亡。原来这个老妇人也是妲己特意设计安排在这里，专门等着害比干的。

姜子牙斩将封神时，看到比干的魂灵，百感交集："老丞相一生忠君爱国，却落得如此惨烈收场。也罢，没有了心，自然也就不偏不倚，处事公道，买卖公平，童叟无欺，就封他为文财神吧！"

由于比干是文官出身，因此在民间的形象通常是一身华丽的官服，头上戴着一顶金冠，满面笑容，和善慈祥，代表着智慧、财富和吉祥，成为文化传媒、教育等领域中的重要神灵。比如，想金榜题名、求取仕途的人，书画店、文具店、书店等的商家都会供奉，以期获得成功和财富。

【文武财神】

　　武财神则是过五关斩六将的关羽关云长，他的封号不是姜子牙册封的，而是民间自动评选出来的。关羽是刘备手下的一员大将，忠义神勇。曹操十分欣赏他，将其擒获后，把他当作上宾一样对待，希望关羽能加入自己的阵营，并许以高官厚禄。没想到，关羽丝毫不为钱财和名利所动，把曹操给的所有赏赐都清清楚楚地整理记载在一本账册上。在得知刘备下落后，立刻封金挂印，留下账本和财物，义无反顾地护送皇嫂离去。

　　关羽以"义"行天下，受到人们的敬仰，被尊为武财神，成为保镖护院、刑部等衙门供奉的神灵，人们借助关羽的忠肝义胆来镇宅，保平安，避免小人来犯。同时，其记账方法也被后世人们所推崇和效仿，再加上其重情义，轻利益，讲信誉，这些都是商界推崇的优秀品格，因此做生意的人也会供奉武财神。

　　正所谓，拜对神仙烧对香。每个神仙都有其分管的领域，擅长的行业。因此，拜神除了心诚则灵外，还要根据自己的所求所需拜对神仙。当然，如果心术不正，那么即使拜对了神仙，也得不到庇佑。

⑪能辨奸忠的雷神

扫码收听

在中国的传统文化中，雷神有着非常重要的地位和极高的知名度，人们对雷神寄予了很多美好的期望，认为雷神是正义的化身，掌握着发雷布电的神通，刚正不阿、除恶扬善、能辨是非。那么究竟是谁掌管着天雷呢？雷神又是谁呢？他就是商朝太师闻仲。

虽然闻仲担任的是商朝的太师之职，辅佐的是昏庸残暴的纣王，维护的是气数已尽的殷商，但在人们的心目中，他却一直是忠诚勇武、殚精竭虑、天下为公的积极正面的形象，非常有威望，就连对手姜子牙也十分敬重他。

闻仲面如淡金，五绺长髯，气宇轩昂，威风凛凛，不怒自威。他的额头上天生长着第三只眼，称为"天目"。这第三只眼能喷吐白光数寸，能够辨别人心黑白，奸邪忠义。他早年师从截教碧游宫金灵圣母，学艺五十年，习得金木水火土五行变遁之术，练就了"金刚护体"的神功，刀枪不入，手执雌雄蛟龙金鞭，胯下墨麒麟，转瞬间就能够行走千里。虽然不是天仙，却是拥有一流修为的地仙。

闻仲学艺完成后，遵从师父的命令下山辅佐商朝。当时在位的是纣王的祖父商王文丁，闻仲为了商朝东征西讨，立下赫赫战功。后来又辅佐纣王的父亲帝乙，并在其临终前受托辅佐纣王。闻仲为人礼貌谦逊，义气深厚，作战勇猛果断，对人民爱护关怀，在商朝很有威望，受到百姓和同僚的敬重，就连暴虐无道的纣王也对他礼遇有加，十分忌惮。

作为三朝元老、托孤重臣，闻仲明知商王朝气数已尽、大厦将倾，仍义无反顾地试图凭一己之力力挽狂澜。他多次进谏纣王改善国政，多次率领大军出征，与姜子牙等人对峙阵前，令西岐军队几度受挫，最终还是无法逆转大势所趋，在绝龙岭被云中子以通天神火柱活活烧死。正是这份忠君爱国、忠勇无畏、鞠躬尽瘁的精神深深打动了姜子牙。

据说，武王伐纣后举办封神大典，姜子牙亲自在封神台上册封诸神，别的神仙都是恭恭敬敬地下跪接受册封，轮到闻仲时，不但立而不跪，还对姜子牙出言不逊。

姜子牙并没有跟他计较，虽然两人道不同不相为谋，但是闻仲太师法力高强、忠心耿耿、刚正不阿、正气凛然是毋庸置疑的，因此姜子牙不计前嫌封他为"九天应元雷声普化天尊"，入主刑罚司，成为雷部主神，掌管天上、人间、地下一切犯罪之人，运用雷电之力，维护天地秩序。

作为雷部主神，闻仲手下有 24 个雷公，雷公下面又分设各地城隍神，分布在天下各处、各个角落，负责监督和评判善恶，守护一方平安。当有人作恶之时，城隍神就会上报雷公，雷公再禀明闻仲。闻仲经过调查，核实清楚了，就号令雷公代天打雷，击杀恶人，伸张正义，泽被天下。

每当阴天下雨，雷声滚滚，震荡乾坤的时候，老人们就会说："雷神正在惩治恶人呢！"所以说，人生在世，务必要多行善积德，否则惹怒了雷神，可就要受五雷轰顶之刑了！

扫码收听

⑫ 雷神的助手——闪电娘娘

在人们的印象里，雷神、闪电娘娘，仿佛一对CP，形影不离、相伴相随。实际上，在很久很久以前，打雷之前是没有闪电的。雷神巡视人间，惩治恶人时，只有轰隆的雷鸣声，并不会发出刺眼的闪电。那么，后来为什么闪电和雷鸣一起出现，而且闪电还要发生在雷鸣前呢？这就要从一桩冤假错案说起了。

传说，在一座名为石雷山的山脚下，生活着一家人姓朱。男主人名叫朱实元，有两个女儿。其中老大名叫朱佩娘，年方十六，长得端庄漂亮，人也非常贤惠孝顺。

虽然老朱家家境贫寒，生活艰难，但是两个女儿乖巧懂事，勤俭持家，日子过得倒也其乐融融。初秋的一天，天阴沉沉的，空中乌云密布，中午朱佩娘与妹妹一起忙着做饭，打算炒盘冬瓜吃。朱佩娘洗干净冬瓜，切开，把冬瓜籽掏出来，收拾收拾就扔到了灶膛下。

恰好此时闻仲手下的一个雷公正在天上巡视，远远地看到一个姑娘在往灶膛里扔东西。那天临行前，雷公与好友聚会，一时贪杯多喝了点酒，再加上当时天色灰暗，乌云遮挡，厨房里也黑漆漆的，有点看不清楚。雷公只看到姑娘扔的东西白花花的，误以为是大米，不由得火冒三丈，勃然大怒："哎哟，这个女子竟然把白花花的大米倒掉，怎么能糟蹋粮食呢！真是罪该万死！"于是，就上报闻仲，降下天雷，把朱佩娘给劈死了。

朱实元在里屋听到一声巨响，冲到厨房一看，朱佩娘已是气绝身亡。朱实元抱着女儿的尸身号啕大哭："我可怜的女儿啊，你死得好惨啊！老天爷啊，我女儿这么孝顺乖巧，为什么会遭到雷劈啊！"

朱佩娘死后，朱实元悲痛万分的同时更是百思不得其解，于是就去了城隍庙，烧香叩拜城隍神，询问事情的原由。城隍神就把事情的来龙去脉告诉了朱实元，朱实元一听，连连叩首，大喊冤枉。"我的女儿扔的是冬瓜籽，不是粮食啊！请

【闪电娘娘】

城隍神为我女儿做主啊！"城隍神一听，"坏了，难道真的劈错人了？"赶忙去到朱实元家现场查看，在灶膛里扒拉灰烬，一看里面确实有还没烧尽的冬瓜籽，并不是粮食。

城隍神慌忙将此事上报，一路就报到了天庭闻仲这里。闻仲一听，瞪大了眼睛，怒道："居然有这等事情！是谁劈的这个姑娘？速去朱家仔细查看！"劈死朱佩娘的雷公一听，领命就去了朱家，回来后据实禀报，悔恨不已。闻仲闻言立刻派人将朱佩娘救活，并带到了天庭。

闻仲看着眼前的姑娘，眉清目秀、亭亭玉立，正是花样年华，却被雷公错劈了，心中是百感交集，向朱佩娘真诚道歉："这位姑娘，实在是对不起。是我们看走了眼，做错了事，还请你原谅。既然你已经到了天庭，那我就封你为闪电娘娘吧！"说着，闻仲拿出一面镜子递给了朱佩娘，说："这叫闪电镜。从今往后，在打雷之前，你呢，就先拿着这面镜子放光，把人间的情况照清楚，让雷公分清善恶、辨明是非后再打雷，以免再犯下错误！"

从此以后，每当雷声轰鸣之前就会出现耀眼的闪电划破天空，照亮大地。闪电娘娘与雷公正式组队成功，两人珠联璧合、配合默契，共同惩治天下恶人，守护四方百姓。

13 威武不屈的风神

扫码收听

　　上古时代的人们相信"万物有灵"，自然界中的一切，和人一样都是有生命、有姓名，是鲜活的，尤其是那些一时无法解释的自然现象。你看那风，来无影去无踪，却又仿佛有手有脚，能把房顶掀翻，能把石子踢得满地打滚，把尘土扬得黄沙漫天，把人间扰得昏天暗地。那这风到底是谁放的呢？

　　在中国的古代神话传说中有两个掌管风的神仙，一个叫风伯，另一个叫风母。风伯原名飞廉，据说最初是一只翱翔于长空的雄鹰，受日月之精华得道成仙，转世化作了人形。风伯身体矫健强壮，常背着一个大口袋，正是用来行风的法器风囊。风伯人如其名，行动快如疾风，是中国神话传说中家喻户晓的神仙。

　　飞廉曾与蚩尤共同拜一真道人为师，一起在祁山修炼。有一天，飞廉正在练功，突然隐约发现不远处有个东西在动，他走近一看，是一个大大的布口袋，口袋上还系着根绳子。飞廉一琢磨："哎呀，不会是什么人或者动物被捆在里面了吧！"于是他赶紧打开口袋。结果绳子刚一松，一阵风便吹了出来，直吹得飞廉眼睛都睁不开了，飞廉赶紧把口袋又系了起来。

　　飞廉把口袋拿给师傅一真道人，得知原来这是盘古时期的大仙——鸿钧老祖的法宝，可以掌控风。一真道人对飞廉说："既然你捡到了这个口袋，说明是鸿钧老祖选中了你，这是你的机缘，以后这个口袋就作为你的法宝吧，你要好生练习。"

　　飞廉听了师傅的话，勤学苦练，学习如何放风，如何收风，如何控制风的大小，如何把握风的力度，慢慢地越来越娴熟自如，练就了放风收风的奇术。后来，蚩尤与黄帝在涿鹿展开大战，飞廉前去助阵，没想到黄帝布下奇兵打败了蚩尤。蚩尤死了，飞廉也随之自杀而亡。

　　飞廉死后投胎转世到了商朝，成为纣王手下的一名战将，骁勇善战，身手不凡。武王伐纣，大军攻到朝歌，飞廉与姜子牙对峙阵前，不敌败北。飞廉一看大

【风神】

势已去，当场自杀，宁死不屈。

玉皇大帝得知飞廉的遭遇后，十分感念他的忠心，于是封他为风伯，掌管天下刮风事宜。

后来，飞廉还收了个女徒弟，名叫菡芝仙，长得非常漂亮，明眸皓齿，花容月貌。武王伐纣期间，菡芝仙加入了纣王的队伍中，帮助纣王大战姜子牙，结果兵败，当场被姜子牙用打神鞭给打死了。姜子牙在封神台上举行封神大典的时候，将菡芝仙封为助风神，也就是风母。

为了便于菡芝仙施展法术，飞廉特意给她做了一个小巧玲珑的风袋，轻便好用。有地方需要刮风的时候，如果刚巧飞廉在忙或者偷懒不想去了，就派菡芝仙去放风，两人分工合作，配合默契，可谓是相得益彰。

话说，风伯和风母都负责放风，那一阵风吹来，到底是谁放的呢？很简单啊，风伯力气大、法力高强，像那种狂风大作、强劲有力的台风、飓风，都是他放的；那些清风徐徐、温柔拂面的阵风、微风自然都是风母放的。

扫码收听

⑭清冷仙子——霜雪女神

"篱落岁云暮，数枝聊自芳。雪裁纤蕊密，金拆小苞香。千载白衣酒，一生青女霜。春丛莫轻薄，彼此有行藏。"唐代诗人罗隐这首《菊》中的青女霜，指的就是秋霜，而青女便是掌管霜雪的女神。

相传青女本是上古时期的一只飞燕，一日误入女娲宫，正在赏花的女娲娘娘见到花枝上的燕子心生喜爱，随即用手轻轻点了燕子脑门一下。这一点不要紧，燕子灵智大开，展展翅膀飞到九重天外化身仙女，王母娘娘见她伶俐，赐名青女，从此侍奉在瑶池。

又到了农历三月初三，王母举办蟠桃盛宴，各路神仙齐聚瑶池，天神们讲着道法修为，地仙们也带来人间的消息，这让伺候在一旁的青女想起从前。天上一日，人间一年，转眼百年过去，也不知人间现在什么样了。于是青女萌生出一个大胆的想法，趁着蟠桃会天庭繁忙，自己偷偷溜下凡间。

青女下凡正落在万兽山，这里也是青女做燕子时的故乡，可奇怪的是，万兽山没有了当年的热闹景象，花草树木仍在，却看不到动物。正当青女不得其解之时，草丛里钻出一只小兽。小兽感受到青女的气息，认出她就是从前的燕子，几步走到青女面前，双眼含泪似有话要说。青女也认出小兽，将手抚在小兽头上，感知小兽的内心。原来十年前万兽山来了只恶龙，每到秋末就要吃山里的动物，十年来山里的动物死伤殆尽，小兽的父母算是修得些道行，但也命丧恶龙之口。

青女知道一切后，悲愤交加，誓要守护万兽山。青女回到瑶池本想奏明王母，又怕王母责怪自己私自下凡不肯出手相救，于是趁打扫庭院之际偷偷拿走王母的七弦瑶琴来到三十三重天的第一层天。放眼望去，恶龙正在万兽山上空盘旋，青女立刻拨动琴弦，琴音时而似青鸟出谷清幽婉转，时而似火花落溅直破云端。伴随着琴声，霜粉雪花缓缓而降，刹那间将万兽山掩盖，形成一道白茫茫的屏障，恶龙听到琴音只觉得浑身针刺一般，更被地上覆盖的雪晃得头晕目眩，在天空不停地扭曲旋转，几个翻滚怒吼着向青女飞去。青女十指快若闪电，琴声如刀似剑，恶龙被震得五脏六腑欲裂，挣扎了半个时辰呻吟着离开万兽山。动物们陆续从雪里钻出来，万兽山一派欢腾。为防止恶龙卷土重来，青女一连三年来到万兽山抚琴降雪，动物们得以繁衍生息，万兽山又恢复到青女做燕子时的活力生机。

　　青女从万兽山返回瑶池，正要将七弦瑶琴放回原处，未曾想被天兵天将擒住。盗取天庭至宝私下凡间，青女触犯天条，王母大怒，按律要打入十八层地狱。万兽山的动物们不忍青女受罚，集体为青女求情，此事传到凌霄宝殿，玉皇大帝念青女救万兽生灵，免去青女责罚，并封青女为霜雪仙子，迁入广寒宫与嫦娥仙子、月阴星君为邻。此后每年深秋，青女便携瑶琴来到人间行霜布雪，这天便是"霜降"节气，也是"青女降霜，粮满陈仓"的由来。

【霜雪女神】

⑮因为爱情——雨师

"朗朗红日不见，顷刻雾锁云漫，霹雳炸响天地撼，蛟龙沧海难安，推云童子拥出，霎时雨落人间，闪电雷鸣缠绵，宇宙浑然一片。"评书里这段贯口描写的便是下雨。古代农耕社会，农业生产受天气影响较大，人类因敬畏自然而慢慢地就有了对雨神的崇拜。

相传上古时期，神农氏炎帝深受百姓爱戴，很多能人异士前来辅佐，其中有一位修炼得道的红衣少年名叫赤松子，风度翩翩，炎帝女儿喜姑对他一见倾心，整日缠着赤松子带她四处云游学习法术，渐渐的赤松子也对喜姑心生爱慕。这天赤松子鼓起勇气找到炎帝提亲，怎料遭到炎帝强烈反对，还将赤松子赶出部落，喜姑伤心欲绝追随赤松子而去。

二人兜兜转转来到昆仑山西王母的道场，赤松子受西王母点播，法术更加精进，可化作赤龙行云布雨，临别之时西王母赠给赤松子一味神药，名曰冰玉散，服用后可长生不老，浴火不焚。赤松子与喜姑拜别西王母后继续云游，这一年又回到炎帝部落，正赶上大旱，炎帝带领族人挑水浇田，眼看河水干涸殆尽，炎帝也知此举非长久之计，奈何束手无策。二人见状有心助炎帝渡过难关，又羞愧不敢直面相见。于是赤松子乔装改扮，蓬头乱须，身披蓑衣，腰扎兽皮，手持柳条摇摇晃晃，一副玩世不恭的浪荡模样来到部落求见炎帝。炎帝一听有人能降雨，急忙召见。赤松子鞠躬行礼，炎帝并未将他认出，十分恭敬地接待了赤松子，并按照赤松子的要求，开设求雨法坛。赤松子来到法坛前，褪去蓑衣念动口诀，霎时间天昏地暗，一道闪电劈下，赤松子化身赤龙直飞云天，几个盘旋，风雨大作，庄稼贪婪地吮吸着甘霖，族人欢呼雀跃。炎帝感激万分，恳求赤松子留在部落，赤松子低头沉默，炎帝许诺可答应赤松子任何要求，哪怕是自己的首领之位也可拱手奉上。赤松子闻听此言连忙摆手，轻抚柳条又变回红衣少年，喜姑也出现在身边。炎帝又惊又喜，双眼噙泪，喜姑扑到炎帝怀里放声痛哭，希望父亲原谅自

己的任性。经过这一切，炎帝改变了对赤松子的看法，也对女儿更加疼爱，应允了二人的婚事，并封赤松子为雨师。

　　数年后喜姑也成功得道位列仙班，但夫妻二人爱旅游这习惯一直没改，他俩一走不要紧，没人降雨了。为了召唤赤松子，百姓们就放鞭炮，敲锣打鼓求雨，希望赤松子能听见。有时候赤松子到山上闭关，降雨的任务就交给了喜姑，但由于思念心酸，喜姑降的雨有时候就变成了酸雨。

扫码收听

⑯ 天庭气氛组——推云童子、布雾郎君

人们一提到掌管自然现象的神，通常会想到风、雨、雷、电，这几位神仙，就连孙悟空有难也经常请他们帮忙，但人们往往忽略了和他们关系密切的云神和雾神，他们存在感虽低，却曾为拯救苍生做过杰出贡献。

话说上古时期，火的发现和使用让人们对火神祝融十分崇拜，这引起水神共工的不满，认为水火同样重要凭什么让火神出尽风头。嫉妒使人疯狂，也让神冲动，于是水神火神大战一触即发，这也是水火不容的由来。奈何水神并不是火神对手，被打得节节败退，逃到天边不周山。水神羞愤难当，一头撞在不周山上，不周山应声而倒，怎知这不周山并不是普通的山，而是支撑天地的柱子，擎天柱一倒，瞬时天塌地陷，天边出现一个巨大的窟窿，天河倾泻而下，本就被砸裂的大地瞬间洪水泛滥。

幸好女娲及时出现，造出大船拯救了洪水中的人们。紧接着女娲飞身来到天边仔细观看，不禁皱起眉头，破洞之大超出她的想象。女娲随即唤来推云童子和布雾郎君两名部下，即云神和雾神，带领他们去寻找五彩石，三人腾云驾雾寻遍高山大川，将世间所有彩石都带了回来。奈何石头零零碎碎无法补天，女娲又带着二人来到天台山顶，堆巨石为炉，日夜熬制炼造，历时九天九夜，炼出五色巨石。女娲命推云童子搭云梯，自己双手托举巨石沿梯而上，为避免地上的人们恐慌，又命布雾郎君施法布雾遮挡。待浓雾散去，天边的大洞已被女娲补上，地上的人们欢呼雀跃，女娲脸上也露出笑容，但神情依然紧张。推云童子和布雾郎君看出端倪，上前询问，原来天上的窟窿不止大还很深，需要更多更坚实的五彩石才能彻底补上。推云童子和布雾郎君面露难色，因为这世间的彩石都被二人采来了。女娲想到用五色土代替，于是就地取材经过九九八十一天，成功炼出五彩巨石，依照此法又经过整整四年，在众神的帮助下，天上的窟窿终于被补上，其中推云童子和布雾郎君功不可没。

二位神君本以为可以凭此功劳在天界有所作为，怎知天庭扩编了，姜子牙一部"封神榜"封出365位正神。人间百姓也觉得云雾对生产生活影响不大，推云童子和布雾郎君变得越来越没有存在感。被边缘化的二位天神倒也没有失业，每逢天庭举行宴会之时，他们就负责吞云吐雾营造仙气飘飘、云雾缭绕的舞台效果，妥妥的天庭剧务气氛组。

【推云童子、布雾郎君】

扫码收听

⑰ 推着太阳走的神——太阳神

在上古时代，天上共计有十个太阳。这十个太阳仿佛十个大火球，光芒四射，把大地烤得如同火炉，土地被晒裂了，河流大海干涸了，森林草木被烧焦了，庄稼被烧毁了，人们苦不堪言，难以度日。于是，天帝派出后羿用神弓神箭射下了九个太阳，只留下一个太阳普照人间。

可巧，剩下的这个太阳是个淘气包，不守规矩，每天随心所欲，一会儿从北边出来，落到南边；一会儿从西边出来，落到东边；或者跑到山洞里躲起来，让人间十几年都见不到太阳，人们只能在漫长的黑夜里摸索着生活；有时候高兴了，在天上一待就是二十年，搞得人间天天都是大白天，阳光明媚，人们无法安然入眠，万物无法休养生息。太阳倒是过得开心痛快，自由自在，"活出自我"了，可把人们搞得痛苦不堪，却又无能为力，谁也管不了它。

后来姜子牙封神的时候就想，一定要找一个人来好好管管太阳，于是就想到了徐盖。徐盖这个人不但身材高大，强壮有力，武艺超群，而且不苟言笑，为人处事非常讲原则、懂规矩，太适合管太阳了！

徐盖原来是纣王麾下的一员大将，镇守在界牌关。武王伐纣时，姜子牙率领大军一路过关斩将，打到界牌关城下，遇到了徐盖。徐盖起初还是忠心耿耿，一心想要守住城池，考虑到自己势单力薄，徐盖悄悄派人去向纣王求援，结果纣王非但不理会，还把前来求援的人杀死了，这下彻底寒了徐盖的心。在与姜子牙交战的过程中，徐盖渐渐发现其身边都是能人志士，而且一个个正气凛然，与纣王截然不同，是一支正义之师。于是他果断弃暗投明，归降了姜子牙，并在随后的战役中立下了汗马功劳。

徐盖被封为"太阳星君"，也就是"太阳神"后，就上天负责管理太阳，早晨把太阳从东方推出来，傍晚推到西方落下，日复一日，年复一年。

人们现在看着太阳每天从东边升起，落到西边，按部就班，循规蹈矩，那是因为徐盖在后边推着太阳呢，不让它走歪路，走岔道。推太阳这可是份好工作，但是有一点，徐盖不能喝酒，要是一不小心喝多了，推反了，那太阳可就打西边出来喽！

太阳神

扫码收听

⑱月亮女神——姜皇后

在中国的传统文化中，太阳与月亮相对，太阳属阳，月亮属阴，一阴一阳，方运转乾坤。太阳有太阳神，那月亮神又是谁呢？

她就是纣王的正宫娘娘——姜皇后。纣王是出了名的残暴无道，而姜皇后却是一位非常受尊重的女性。她国色天香、端庄贤德、知书达理。作为皇后，更是母仪天下，体恤民情，爱民如子。可就是这样一个堪称典范的女性，却命运多舛，结局悲惨。

姜皇后的父亲是威震天下的东伯侯姜桓楚，从小她便受到了良好的家庭教育，嫁给纣王之后，一开始也是两情相悦，夫唱妇随，并且诞下了两位皇子，长子殷郊，次子殷洪，都深受纣王宠爱。

后来妲己入宫，魅惑纣王。纣王开始变得沉迷酒色，荒淫无道，每天只顾与妲己寻欢作乐，不理朝政。为了博得妲己红颜一笑，还劳民伤财高筑鹿台，建造了酒池肉林，甚至采用酷刑残害忠臣，乱杀无辜。

姜皇后深知纣王的种种行为必将导致天下大乱，于是便去劝谏纣王，不要贪图美色，误国误民，没想到却惹怒了纣王，更是得罪了妲己。于是，妲己设局栽赃陷害姜皇后，说她想要行刺纣王，谋权篡位。纣王大怒，最终姜皇后被挖去双眼，并被烧红的炭火炮烙双手，凄惨而死。

姜皇后惨死后，魂魄四处漂游。武王伐纣成功后，姜子牙在封神台上，猛然看到姜皇后的魂魄也来到了台下。想起她的遭遇，姜子牙心如刀割，胸口一阵阵撕心裂肺地疼痛，不禁眼中含泪道："这可是个贤惠贤德的好皇后啊，可惜被奸人所害，死得如此悲惨。"于是姜子牙封姜皇后为太阴星。

太阴星就是月亮神，主管天下的女性，代表着团团圆圆、圆圆满满的意思。"今人不见古时月，今月曾经照古人""思君如满月，夜夜减清辉""海上生明月，天涯共此时"。这些脍炙人口的诗句，承载和寄托着人们美好的情感和相思之情。

　　抬头望月，你会发现月亮千变万化，时而圆，时而缺，时而像弯弓，时而像玉盘，那是因为守护月亮的姜皇后的心情在起起伏伏啊！

　　当姜皇后满怀欣喜时，月亮就像个大玉盘一样镶在深蓝色的空中，圆满皎洁，格外明亮，银灰色的月光洒满了大地，一切都那么清晰；当姜皇后伤心流泪时，天空中就会布满乌云，月亮的光芒被厚重的云层吞噬，只剩下一片昏暗的夜空；如果月亮变成了一个月牙，或者半个月亮，那是姜皇后正在化妆呢，等她准备好了，就会展露出自己圆润的面容！

　　"人有悲欢离合，月有阴晴圆缺。"月亮穿越千年历史，见证着沧海桑田、世事变幻，人们目睹的不仅仅是姜皇后的喜怒哀乐，更是人世间的分分合合啊！

【姜皇后】

⑲君临天下——紫薇大帝

扫码收听

正月十五是我国传统的元宵佳节，也叫上元节。之所以称为"上元"，是因为农历有上、中、下三元，分别为正月十五、七月十五和十月十五。道教将天、地、水称为"三元"，并奉天官、地官、水官，因此正月十五便有"天官赐福"之说，这个天官就是紫薇大帝——紫薇星。说到这，迷雾就拨开了，这不就是古代象征皇帝的帝星吗？那他是怎么来的呢？这要从一位孝义两全的翩翩公子说起。

殷商年间，西伯侯姬昌将其封地西岐治理得井井有条，日渐强大，引起纣王忌惮，想找理由将其削藩。权臣崇侯虎谏言，说是姬昌在西岐秘密扩张自己势力，意图谋反。于是姬昌被软禁在离朝歌不远的小城羑里，羑里城除看守外只有姬昌一人，形同监狱，事实上这也确实是我国历史上第一个有文字记载的国家监狱。这一囚禁就是七年，这七年里姬昌没有消沉，也没有激进，而是利用城里的蓍草专心研究起推演，又结合伏羲氏的八卦，演绎成六十四卦和三百八十四爻，创作出千古奇书《周易》。

姬昌在羑里城思考人生急坏了长子伯邑考，尽管姬昌临行前交代过不要救自己，但孝顺的伯邑考还是毅然决然前往朝歌，打算通过向纣王献宝来替父亲赎罪。经比干引见伯邑考将三件宝物奉上，分别是七香车、醒酒毡和白面猿猴。七香车，乃轩辕黄帝破蚩尤时遗下的具有七种香味的奇车，人坐在上面，无须推引，全凭意念，欲东则东，欲西则西；醒酒毡，顾名思义，酩酊大醉卧在此毡之上片刻清醒，披上此毡更能千杯不醉；其三是白面猿猴，歌声婉转如莺簧，更善掌上舞。此外还进献了十名美女。在一番诚恳进言下，纣王有所动摇。然而这一切都被帝后的妲己看在眼里，所有宝物都不及面前的伯邑考。风度翩翩、气质不凡的伯邑考简直就是殷商第一美男，妲己越看越喜欢，不由得春心萌动。

纣王设宴款待伯邑考，妲己趁机邀请伯邑考抚琴一曲，伯邑考忧虑父亲安危不愿弹奏，纣王却说若能弹出奇音妙曲便赦他父子归国，伯邑考无奈只得从命。

伯邑考琴艺绝佳，一曲过后纣王大悦，妲己乘机向纣王吹起耳边风，称想要让伯邑考教自己抚琴，学成后好服侍大王。纣王一听自己的宠妃为了取悦自己竟如此努力，自是答应下来。妲己喜出望外，找准机会把纣王灌醉，纣王不省人事，被送回寝殿。妲己立刻召来伯邑考，伯邑考不敢越礼，一直低头教授，不与妲己对视。妲己看眉目传情无效，便开始言语勾引，伯邑考坚若磐石不为所动，妲己见状直接走到伯邑考身边，要"为艺术献身"。伯邑考不再沉默，大骂妲己荒淫

无度、行事猥琐被天下人耻笑。妲己求欢不成反受侮辱，由爱转恨，便去纣王处诬陷伯邑考轻薄自己。纣王一听怒火中烧，即刻召来伯邑考觐见，尽管伯邑考巧妙化解，但妲己不依不饶，在接二连三的逼迫下，伯邑考终命丧朝歌，被剁成肉泥。妲己还不解恨，又命人将伯邑考做成肉饼送给姬昌，并向纣王进言："姬昌能掐会算，被称为圣人，圣人不食子肉，姬昌若吃便放了他，若不食立即杀掉，以除后患。"

被困羑里城的姬昌早就算出朝歌发生的一切，强忍悲愤吃下肉饼，纣王因此放下戒心将姬昌释放。姬昌日夜兼程赶回西岐，眼看就要到达，忽然胸口一阵剧痛跌落马下，紧接着腹内翻涌，吐出三个肉丸，肉丸落地变成毛茸茸的小动物，生出四肢和两个长长的大耳朵，一蹦一跳向西跑去。姬昌意识到自己吐出的就是自己的儿子伯邑考，痛心不已，"兔子"一词也由此得名。

伯邑考作为姬昌的嫡长子，是按照诸侯接班人培养的，他的死坚定了西伯侯姬昌反商的决心，也成为伐纣的导火索。姜子牙封神时将伯邑考封为紫薇大帝，生前不能继位，转世皆为皇帝，也算是对伯邑考的一种补偿。相传紫薇大帝最著名的转世有三次：第一次因秦二世暴政，伯邑考不忍百姓受苦，紫微星闪耀化作刘邦，重整山河；第二次因王莽篡权，他化身光武帝刘秀拯救大汉王朝；第三次他化身为唐太宗李世民，开创了"贞观之治"一代盛世。其实自古以来，皇帝往往都有神话加持，证明自己的身份地位是上天授予，紫微星作为"斗数之主"，是唯我独尊，君临天下的命数，皇帝们也纷纷称自己是紫微星下凡。那么历史上这么多皇帝，紫薇大帝究竟转世了多少次，相信只有伯邑考自己知道。

⑳傻傻分不清楚——文昌和文曲

扫码收听

　　文昌帝君和文曲星因为都是主管文运的星宿，所以被很多人认为是同一个神仙。其实二者是有区别的，文昌帝君侧重功名仕途、典籍制度，属于现实主义的科举神祇；文曲星则侧重文笔、文艺。此外文曲星带有桃花运，多愁善感，是浪漫主义的科举神祇。

　　相传文昌帝君本名张亚子，年少时勤奋好学。这天，张亚子砍完柴和往常一样在金马山紫府飞霞洞看书休息，一道雪白的影子引起他的注意，仔细观瞧，是一只骡身、马头、驴尾、牛蹄的奇兽，张亚子大喜，此物正是可日行万里的上古神兽白特。

　　此后，张亚子骑着白特四处游学，短短数年，张亚子便精通百家学问。回到家中他兴学堂、开民智，办义诊、济苍生，深受百姓爱戴。此举却遭到当地官员嫉妒，污蔑张亚子是妖邪所化，要将其抓捕，幸有乡亲们报信，张亚子躲过一劫。逃亡路上张亚子救助了一名生命垂危的男子，男子为报答救命之恩将一聋一哑两个孩子送与张亚子做侍童，张亚子将二人收作徒弟，并唤作天聋地哑。路过梓潼县时，赶上闹瘟疫，张亚子带着天聋地哑挨家挨户为百姓诊治，还教化百姓自强不息。后世人们奉他为梓潼神，供奉在梓潼县七曲山。天聋地哑两名童子也跟着位列仙班，因文昌帝君主管科考，保密工作很重要，因此两个侍童也寓意能知者不能言，能言者不能知。

　　也有传说文昌帝君是东晋蜀王张育，抗击前秦苻坚战死沙场，后被尊奉为雷泽龙神，因与七曲山梓潼神亚子祠相邻，后人将两祠神名合称"张亚子"。更有传说文昌帝君曾转世 73 次，周朝的张仲、汉朝的张良、晋朝的昌光都是文昌帝君下凡。历代帝王也十分敬重张亚子，唐玄宗加封张亚子为"左丞相"，宋朝多位帝王先后加封张亚子为"忠文仁武孝德圣烈王""英显王"，元代仁宗又加封张亚子为"辅元开化文昌司禄宏仁帝君"等。由于受历代帝王推崇，自此以后张

【文昌和文曲】

亚子名声显赫，故有"北孔子南文昌"之说。

但相比之下还是文曲星知名度更高，因为在科举时代，状元往往被称为"文曲星下凡"。传说文曲星有七次转世，都是有大才之人，诸葛亮、房玄龄、范仲淹、包拯、文天祥、刘伯温，甚至还包括许仙和白娘子的儿子许仕林。今天要说的这位文曲星君十分传奇，他是奴隶、中华厨祖、医药学发明人、政治军事奇才，是辅佐五朝君主的商朝开国宰相，他就是伊尹。

传说夏朝末年，莘氏部落的一名采桑女在伊水之滨的桑林采桑，忽听有婴儿啼哭，采桑女闻声寻去，发现在一个桑树的树洞中躺着一名男婴，采桑女心生怜悯，将婴儿带回部落，寄养于庖人之家，赐名挚，因在伊水边捡到，故作伊氏，尹则是官职之名，也是尊称。伊尹自幼聪慧过人，耳濡目染下厨艺学以大成，他创立的"火候论"和"五味调和论"为中华饮食文明增添了浓墨重彩的一笔，被后世称为"中华厨祖"。伊尹善于制汤，精通医理的他首创中药汤液，他撰写的《汤液经法》奠定了中医方剂学的基础，与黄帝、神农并称为医学界"三圣人"。伊尹还喜欢研究尧舜的施政之道，结合厨艺悟出"以鼎调羹""调和五味"的治国之理。

莘国与商国联姻，伊尹作为陪嫁奴隶一同赴商，伊尹卓越的才华受到成汤赏识，除去了伊尹奴隶身份，任命他为"尹"即宰相的意思。伊尹没有让商汤失望，一方面发展本国的军事和经济，另一方面收集夏的军政情报，甚至亲自去夏潜伏，同时笼络周边诸侯小国，终于在公元前 1700 年，成汤在伊尹的建议下联合各诸侯兴师伐夏，推翻了暴虐的夏王朝，开启了国运 500 余年的商朝天下。

伊尹辅政近七十年，历事成汤、外丙、仲壬、太甲、沃丁五代君主，制定了各种典章，采取了一系列革新措施，为商朝立下汗马功劳。伊尹在辅佐太甲期间所作的《伊训》《肆命》《徂后》，是我国历史上首次总结比较完整的治国执政思想。相传伊尹一直活到 100 岁，这样一个集厨祖、汤药之祖、帝王之师于一身，从奴隶到宰相的千古第一人，他的传奇人生只能用文曲星下凡来解释了。

那么考试究竟是要拜文昌帝君还是文曲星呢？答案是，敬畏之心不可无，但如果不上课只上香，那是拜谁都没用的。

㉑ 不听老婆言，吃亏在眼前——武曲星

与文曲星相对应的神职是武曲星，史上第一代武曲星是商朝游魂关总兵窦荣。作为镇守一方的武将，窦荣对朝廷可谓忠心耿耿，武力值更是爆表，奈何只因未听夫人相劝，中计命丧黄泉。

妲己勾结费仲陷害姜皇后弑君谋反，纣王一听自己老丈人要篡位，当时就上头了，不顾伉俪之情将姜皇后残忍杀害，又将姜皇后父亲东伯侯姜桓楚召到朝歌醢杀。这一系列操作激怒了小舅子姜文焕，誓要为父亲和姐姐报仇，遂率四十万人马举兵造反。大军一路杀到游魂关，几轮进攻下来，游魂关纹丝未动。守城将领窦荣骁勇善战，深通韬略，他的妻子彻地夫人精通兵法，善于用兵。夫妻二人共同守城，游魂关固若金汤。窦荣万万没想到，这一仗居然打了十余年，仍未破关。

另一边，八百诸侯汇孟津，唯独缺席东伯侯，一打听才知道姜文焕还在游魂关耗着呢，姜子牙即刻派出金吒和木吒去帮助破游魂关。金吒、木吒化名孙德和徐仁来到游魂关求见窦荣，自称是来自蓬莱的炼气术士，因师父被姜子牙害死，特来助总兵大人捉拿姜文焕，为师父报仇。仗打了近二十年，窦荣早厌了，也想着尽快解决心腹之患。为取得窦荣信任，金吒、木吒采用里应外合之计，假意生擒姜文焕手下将领马兆，但智商在线的彻地夫人还是察觉到异常，屡次提醒窦荣，窦荣却不以为意。金吒骗窦荣出城与姜文焕交战，趁二人大战之时，金吒祭起遁龙桩遁住窦荣，此时的窦荣想起夫人的劝诫提醒，悔之晚矣，姜文焕手起刀落将窦荣砍成两半，城上观战的彻地夫人还没反应过来，也命丧木吒吴钩剑之下。

正是不听夫人言，小命赴黄泉。二人死后，窦荣被封为武曲星，彻地夫人被封为月魁星。估计封神后，窦荣在夫人面前再没有了话语权。

【武曲星】

㉒ 落入凡间的公主——红鸾星

扫码收听

武王伐纣胜利后，姜子牙在封神台上一共封了365位神仙，其中一位的身份极为特殊，与众不同，她就是被封为红鸾星的龙吉公主。那么，龙吉公主究竟有什么特殊的身份呢？

要说这龙吉公主，那可真是名副其实的金枝玉叶，豪门公主！她的父亲是至高无上的天庭之主昊天上帝，母亲则是瑶池金母。龙吉公主不仅身份显赫，而且也长得非常漂亮，仙姿玉色，举世无双，同时，法力超群，以青鸾为坐骑，拥有二龙剑、瑶池白光剑、鸾飞剑以及四海瓶、乾坤针和雾露乾坤网等诸多神器，真是集高贵、美貌与法力于一身。这么一位高贵的公主怎么就下凡去了人间，还死在了战场上，被姜子牙封神了呢？

话说有一年瑶池金母过生日，大宴众仙，为了表示对各位神仙的尊重和礼遇，瑶池金母特意命龙吉公主敬酒。于是龙吉公主彬彬有礼地向诸位神仙一一敬酒，从太上老君、铁拐李，到赤脚大仙、四大天王，一路敬到了天蓬元帅。

天蓬元帅平日里就贪杯，看到天庭宴会上的好酒更是控制不住自己。轮到龙吉公主给他敬酒时，已经有八分醉了，脑子也有些不清醒了。他醉眼朦胧地看着龙吉公主一袭红衣，身姿妙曼地向自己走来，红色的轻纱随身形摇曳，顿时眼神就直了，一时忘了是在天庭上，忘记眼前的女子乃是昊天上帝的掌上明珠，嘴里忍不住发出了一声"哎呦……"。

龙吉公主哪见过这种阵势，从小众星捧月般长大，所有人都对她恭恭敬敬、规规矩矩的，虽然这次奉母命来敬酒，但众位神仙也无一不对她以礼相待，见到天蓬元帅这样，她心中是又气又慌，"咣当"一声，手中的酒壶就掉地上了，掩面离席而去。

瑶池金母本来是想借女儿敬酒，向众仙表示心意的，没想到龙吉公主当场失仪。虽说事出有因，但瑶池金母也感觉颜面扫地，震怒之下就把龙吉公主贬到人

【红鸾星】

间的凤凰山青鸾斗阙思过。

下凡后的龙吉公主每日修行改过，最盼望的就是能早日返回天庭。这一天杨戬来凤凰山拜访，经过一番交谈，龙吉公主了解到姜子牙正率领大军攻打纣王。龙吉公主一想："这或许是个好机会，如果我协助武王伐纣，立下赫赫战功，或许能平复母亲的怒气，早日重返天庭！"于是龙吉公主就来到了西岐，加入了姜子牙的队伍。

在一场大战中龙吉公主大败来自纣王战队的大将洪锦，正要杀死他时，月老出现了，对龙吉公主说："此人万万不能杀啊，你二人是天定的姻缘。"天命不可违，于是二人结为夫妻，共同在姜子牙麾下效力。后来，在打万仙阵的时候，龙吉公主被金灵圣母用四象塔打落马下，当场阵亡。

姜子牙在封神台上将龙吉公主封为红鸾星，主管女子的婚姻。当某个女子的"红鸾星动"时，就说明她的姻缘即将来临，不久可能就要结婚了，所以民间流传着这样一句歌谣："红鸾星光照大地，世上情人成眷属！"

㉓ 被封神的人皇——天喜神

扫码收听

　　大年三十这天，有个专属于单身男女的习俗——搬荤油坛子，这波操作相当有仪式感，抱着荤油坛子在屋子里来回走，名曰"动荤"，与"动婚"同音，寓意来年可以遇到携手一生的良人。地上这一动不要紧，直接给天喜星发去信号，所谓红鸾星动姻缘到，天喜星动，这婚事可就近了。说起这天喜星，他不是别人，正是商朝最后一位君主——纣王。

　　想来这是一个玩笑引发的血案。纣王本名子受，别称受德、帝辛，"纣王"是周武王灭了商朝之后对他的称呼，在古代"纣"代表"残义损善"之意。作为一代人皇，纣王在治国初期还是比较励精图治的，有正史记载纣王天资聪颖，文武双全，力大过人，能徒手与猛兽格斗。他在位期间平定东夷开疆扩土，开拓了山东、淮河下游和长江流域、江南地区，促进了中原文化传播。也正是有这些功绩加持，在理政后期纣王感觉天下已定，开始懒政自负，朝堂之上听信谗言陷害忠良，动不动还捉弄大臣，戏谑一番，大臣们窘态百出尴尬非常，纣王却欣喜若狂，在后宫更是酒池肉林荒淫无度。

　　女娲诞辰这日，纣王率百官来到女娲宫进香，只见女娲的塑像婀娜多姿、楚楚动人，让纣王眼前一亮浮想联翩，随即抽出宝剑即兴在墙上题诗一首："凤鸾宝帐景非常，尽是泥金巧样妆。曲曲远山飞翠色，翩翩舞袖映霞裳。梨花带雨争妖艳，芍药笼烟骋媚妆。但得妖娆能举动，取回长乐侍君王。"写完，宝剑还匣，纣王满意地点点头，众随从都傻眼了，这不是亵渎女娲娘娘吗？纷纷表示不妥，为纣王捏了一把汗，纣王却不以为意，撂下丰厚香火钱潇洒地走了。

　　没多久女娲娘娘回宫，看到墙上的题诗言语轻薄，当时就火冒三丈，掐指一算纣王刚刚来过，更是窝火，人皇地主还没人能管他了？侍从一直劝说，可能是纣王酒醉开了个玩笑，女娲恼羞成怒，这玩笑开得未免有点太大了吧！说罢，晃动手中招妖幡，召集轩辕坟众妖精，命九尾狐狸精化作美女妲己混入宫中惑乱江

山，这才引出后来武王伐纣，八百诸侯会孟津，纣王自焚摘星楼。

纣王死后灵魂来到封神台，往事一幕幕浮上心头，想来自己虽然没有那么英明神武，但也不至于像传闻中那般不堪。可不管真实的自己如何，当摘星楼的烈火熊熊燃起那一刻，民间流传最广的只有自己暴虐无常、生性残忍的种种传说。牧野之战失败断送了商朝江山，前期大刀阔斧的改革又损害了一些人的利益，胜者为王败者寇，这一点在自己身上体现得淋漓尽致，想到这里，纣王不由得心中五味杂陈。

纣王登上封神台，可难坏了姜子牙，再怎么说纣王曾是一代人皇，身份尊贵，煞星万不能封。姜子牙思虑再三，将他敕封为主管男女婚配之事的神，不算闲职，并是个吉神，华夏民族的繁衍离不开这位大神的助力，所以纣王还是很重要的。谁单身想要结婚，除了抱荤油坛子还可以每天念叨这么几句"天喜星纣王，快降吉祥，速速来到我身旁"，婚期就近了。

扫码收听

㉔我不卖彩票——六合神

在民间，人们有通过属相来判断两个人婚配的习俗，即看属相是否相合，其中绝配为六合。其实六合也不单指婚姻，朋友之间，事与事之间，都存在六合，逢六合可诸事顺利，相互成就。主这六合之事的神祇是位才貌双全的女神——邓婵玉。

邓婵玉是殷商三山关总兵邓九公之女，有闭月羞花之貌，擅使双刀，善使神器五光石，快如闪电，百发百中。她性格刚烈，作战勇猛，屡立战功，堪称铁血娇娃。

话说邓九公奉命征讨西岐，邓婵玉随父出征。可在第一战中，邓九公的胳膊就被哪吒的乾坤圈给打断了，只得高挂免战牌。邓婵玉不能忍，纵马来到阵前，欲为父报仇，连战西岐数将得胜而归。次日迎战杨戬，久战不下，杨戬祭出哮天犬咬伤邓婵玉，邓婵玉忍痛败下阵。督粮官土行孙回营看见邓九公父女受伤，拿出丹药为二人疗伤，紧接着又出战连胜两阵，更是凭借着地行之术和捆仙绳擒住了黄天化和哪吒两名西岐大将。原先邓九公半点看不上土行孙，因为土行孙身高不到四尺，面如土色，别说上阵，邓九公觉得他上马都费劲，否则也不会打发他去押粮。而此时邓九公对土行孙刮目相看，大摆筵席为他庆功。酒过三巡，土行孙夸下海口要生擒姬昌和姜子牙，邓九公更是稀里糊涂地答应把邓婵玉许配给土行孙作为奖赏。结果，土行孙失败了，西岐请来土行孙的师父将他擒住一顿教育，最后归顺西岐，但他还没忘娶邓婵玉的事，西岐将计就计，以提亲为名偷袭商营抢来邓婵玉。邓婵玉被迫嫁给了土行孙，生米煮成熟饭，邓九公也只能降了西岐。

以为嫁给土行孙，邓婵玉的悲催就结束了？并没有。作为一名女将怎可安于当下，只在家相夫教子，于是她继续随西岐征战。一路上邓婵玉屡立战功，随大军一直打到渑池。在渑池土行孙被守将张奎杀死，邓婵玉为夫报仇，却被张奎的妻子高兰英用太阳神针刺瞎双眼，可怜一代佳人最后惨死在高兰英日月刀下。

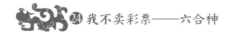
邓婵玉的魂灵来到封神台，姜子牙将她封为六合星君。六合覆盖的可太多了，天地合、阴阳合、家国合、夫妻合、事业合、学业合、财运合、生活合……说到财运，有人问，买完六合彩求邓婵玉可否？不好意思，六合神不管六合彩。

【六合神】

㉕千里姻缘一线牵——媒神

俗话说"千里姻缘一线牵"，这个线指的便是月老手中的红线。月老是民间家喻户晓的神仙，本名柴道煌，又称月下老人，媒神。他虽然出名，但他履职的时间却不长，唐代才出现。

相传贞观二年，杜陵有个叫韦固的书生，因父母早亡便想着早日娶妻生子延续香火，可因家境原因始终未得婚配。这日友人捎来书信，说数日后清河司马潘昉家要在兴隆寺前招贤纳婿，韦固甚喜，急忙收拾行李带着仆人前往，可还没到清河就已明月东升，只好投宿在宋城。到了夜里，韦固翻来覆去睡不着，心猿意马恨不得马上天亮，后来干脆连夜起身赶往兴隆寺。

到达兴隆寺时天还未亮，只见台阶上坐着一位鹤发童颜的老者，正借着月光手忙脚乱得整理一团红绒线，老者见韦固过来连忙招手道："太好了，终于来人了，小伙子快来帮帮我。"

韦固坐在老者旁边，手里一边理着红线一边问："老人家，你大半夜弄这些红线做什么？"

"你可不要小看这红线，将其拴在男女足下，便可结为一世情缘，乱了可不得了。"说着又从怀里拿出一本书对照着红线看起来。

韦固好奇地把头凑过去，看到老者书上的文字后，韦固更是惊讶不已："老人家，您书上这是何方文字，我自幼读书，也识得些梵文，可您这书上的文字我怎么从未见过？这是什么书？"

老者手捻胡须笑道："此乃记录天下姻缘之书，普通的凡人自是看不懂。"

韦固作揖道："老人家，我看您古道仙风，又识得这姻缘天书，能否告知小生，明日选婿我与那司马家小姐可有良缘？"

老者摇摇头："非也。"

韦固很失望："那我何时才能婚配？还请老人家指点。"

老者翻开手中的书说道："你大婚还需等些时候，你的娘子现在刚三岁，等她十七岁时自会与你成婚。"

"还要等十四年？那她现在人在何处？"韦固问道。

老者掐指一算："城南集市，有个独眼婆子她怀里抱的女孩就是你未来的妻子。"

"城南集市，独眼婆子，那……"韦固还想问些什么，可一回头老者已经消失不见。

次日选婿韦固果然未中，垂头丧气地往回走，正好经过城南集市，他想起月下老者对他说的话，气不打一处来，抬头观瞧，还真看见一个独眼的妇人抱着一个脏兮兮的小女孩在叫卖蔬菜，韦固恨得牙根直咬，随即命令仆人将女孩杀死，自己打马先行，仆人胆小，一刀刺破女孩眉心后慌忙逃跑。

转眼十余年过去，韦固功名得中，做了相州参军，但一直未娶，刺史王泰对他十分欣赏，将自己的女儿许配给他。新婚当夜，韦固掀起新娘盖头仔细端详，只见新娘面若桃李，眉清目秀，宛若天仙，不由得心花怒放。但令他奇怪的是，新娘额间贴着一块金钿，韦固便问："夫人，你怎么将这金钿贴在眉心了？"

王氏小姐叹了口气道："说来话长，其实刺史是我叔叔，我年幼时父母双亡，家产遭管家侵吞，多亏乳母将我收养，三岁那年我在集市上被一歹人用刀刺中眉心，性命保住，却留下疤痕，平日里只得用这金钿遮盖。"

韦固心头一惊忙追问："你乳母可是独眼？"

王氏小姐十分诧异："夫君如何知道？我乳母确实一只眼睛患有眼疾。"

听完韦固站起身来向王氏小姐深深作揖，讲出当年实情，王氏小姐听后轻锁眉头将韦固让到床边："看来那位月下老人所言非虚，姻缘早已注定，非人力所抗，过去的事就让它过去吧，只是夫君，将来不要再嫌弃我便是了。"韦固羞愧难当。

不久后夫妻二人重游宋城，再次来到兴隆寺，想寻那月下老人，却毫无踪迹，此事在宋城慢慢传开，引得不少青年男女前来都想向月下老人求得姻缘。

26 北斗星乌龙事件——喜神

扫码收听

喜神，顾名思义喜事之神。这位神仙可太忙了，结婚有他，喜结连理；生孩子有他，喜得贵子；搬家他也得到，乔迁之喜；过年也不闲着，大家见面人人都要恭喜恭喜。要说起喜神的来历，其实有点草率。

话说这几日北斗宫内香火格外旺盛，不仅北斗星君满面红光，就连仙童仙娥们也个个神清气爽。北斗星君欣慰的同时也好奇，天上一天，人间一年，算来这香火已持续半月有余，究竟是哪位善男信女如此虔诚？正思索着，仙童来报，南斗星君前来拜访。

北斗星君忙出门迎接："难得南斗星君有如此雅兴到我宫里一聚。"

南斗星君笑道："怎么？如今你这宫里香火旺盛了，还怕人来不成？"

北斗星君忙挥手："南斗星说笑了，岂敢岂敢，快里面请。"

南斗星君从身后拿出一个食盒："看见没有，我可不是空手来的，香火就酒，修为大有。"

"你这从哪学来的？"北斗星君将南斗星君引入厅内。

"人间呀，人间可是个好地方。"南斗星君入座给北斗星君倒了一杯酒，"尝尝，与那蟠桃会的酒相比如何？"

"好酒，从哪里得来的？不会也是人间吧？"北斗星君赞不绝口。

"我自己酿的，你可是第一个喝到的。不过话说回来，就着你这宫里的香火气息，还真别有一番风味。"

"南斗星君你说笑了，我正好奇，是谁如此虔诚？"

"那还不简单，下界一看便知。"

"我也正有此意，那咱们现在就去？"

"着什么急？等咱们喝完再去也不迟。"

"也好。"

【喜神】

二人边喝边聊，十分投机。不觉间酒过三巡，菜过五味，南斗星君醉得不省人事。

"唉，南斗星君，醒醒，醒醒，就这酒量，还修为越喝越有，还陪我下界呢，我还是自己去吧。"说完，北斗星君一个转身飘然下凡。

他迷迷糊糊找到供奉自己的庙宇，看见一个妙龄少女正在堂前烧香祷告，北

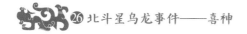

斗星君打开天眼，显出真身。

"下跪信女可是春桃？"

少女一看北斗星君显圣，激动万分，不住磕头："小女正是春桃。"

"春桃，哦！"北斗星君打了个饱嗝继续说："你有何所求，本君可为你实现。"

春桃抬起头，只觉一股酒气扑鼻，不自觉地以手掩口，笑而未答。

北斗星君这时候酒劲也上头了，醉眼惺忪："啊，要胡子呀，这好办。"

一挥手，春桃脸上多了三绺长髯。北斗星君心里还挺美，又是功德一件。

等回到北斗宫醒酒了，惊出一身冷汗，这不坏事了吗？大姑娘哪有长胡子的？急得满地乱转，此时南斗星君也清醒了，上前劝慰。

"这事也好办，一切都是机缘，何不就封她个民间俗神？"

"这倒是个好主意，那什么神好呢？"

"坏事变喜事，不如就喜神吧！"

"甚妙！南斗星君你等我片刻，待我封神回来，咱们再饮几杯！"

说罢，北斗星君下界找到春桃，正式封她为喜神，从此以后不以真容示人，专司人间喜庆之事。

㉗ 从天而降的缘分——和合二仙

在中国的神话故事中，有很多掌管婚姻爱情的神仙，比如月亮女神、红鸾星、月老等，还有一对组合也是负责人间姻缘的，叫和合二仙。那么这和合二仙究竟是谁呢？

这个"和"指的是王母娘娘的茶童和福。和福是一个聪明机灵、乖巧懂事的男孩，颇受王母娘娘喜爱，每天陪在她身边专门负责端茶倒水的工作。这一天雷部正神闻仲来找王母娘娘汇报工作，和福照常奉上茶水就退到了殿外，一眼看见闻仲的坐骑墨麒麟正在宫外闭目养神，等候主人。

只见这墨麒麟体型高大，身姿矫健，通体墨色，遍身覆盖着一层坚硬的鳞片，闪烁着金属般的光泽宛如战甲，长着龙头、狮尾、牛蹄，闪着冷光，利齿獠牙甚至伸到了嘴外。虽然闭眼趴在那里，但仍透着一股杀气和威严。和福一琢磨，都说麒麟象征着吉祥如意，跑起来脚踏祥云，头顶霞光，所到之处花草盛开，万物复苏。墨麒麟全天下只有一只，骑上它肯定能沾上更大的福气。

和福天天在王母娘娘身边服侍，众仙看在王母娘娘的面子上自然对他高看一眼，客客气气的。时间久了，和福就有些飘飘然，错把平台当本事，自以为身份高贵，却忘记了所有的荣耀不过是平台给的，跟他本身毫无关系。

雷部正神闻仲地位尊贵，刚正不阿，不怒自威，和福素日里见到他也是心有忌惮，不敢僭越。但是那天也不知道怎么头脑发昏，和福就想尝试一下骑上墨麒麟什么滋味，于是，趁着墨麒麟正在睡觉，他飞身一跃骑到了它的背上。

这墨麒麟虽然也叫麒麟，但是跟一般麒麟的个性完全不同。墨麒麟狂躁、凶猛，具有超强的战斗力和攻击性，对主人忠诚，绝对不允许其他人侵犯。和福骑上的一瞬间，墨麒麟就醒了，它腾空而起，飞上天空，不断上下翻腾，目的是把和福给甩出去。很快和福就被墨麒麟从背上摔出了东天门，结结实实地摔在了终南山的山脚下。

【和合二仙】

　　这一下摔得和福眼冒金星，整个人都瘫在了地上，半天动弹不得。还好和福是仙童，要是普通人这一下可就摔死了。和福只觉得五脏六腑，每个关节都疼，尤其是脚踝钻心地疼，好容易翻身坐起来发现脚崴了。再环视四周，远处群山起伏，林海茫茫，杂草丛生，高大茂密的树木直耸入云。"这到底是哪儿啊？我怎么回去啊！"和福虽然是位仙童，但毕竟道行不深，再加上受了伤，想重回九重天，一时半会是不可能了。

　　和福正揉着脚踝发愁，突然听到草丛传来窸窸窣窣的声音。"难道是野兽？"和福摆开架势正准备施展法术，就看到一个清秀的小女孩出现在他面前。女孩乍一看到地上坐着个人，也是吓了一跳："你是何人？"和福说自己是来走亲戚的，结果不小心迷路了，脚也崴了。小女孩信以为真："我叫何杏儿，家就在附近。山里危险，要不你先跟我回家养几天伤吧，等伤好了再赶路。"就这样，和福被何杏儿搀着回到了家中养伤。

　　时间一晃三年过去了，期间何杏儿的父母上山采药被野兽咬死了，何杏儿成了孤儿，和福不忍心离开就一直陪伴左右。这一天和福正在田里干活，突然空中雷声大作，只见一团黑火从天上直冲着自己过来，和福吓了一跳，仔细一看居然是墨麒麟。原来和福失踪后，闻仲大怒，命令墨麒麟火速把人给找回来。墨麒麟在天上足足找了三天才发现了和福的身影。俗话说，天上一天，地上一年。和福就在人间生活了三年。

　　三年的相依为命，和福和何杏儿已经产生了浓厚的感情，说什么也不肯分开，无奈之下，墨麒麟只得将两人一起带回了天庭。王母娘娘听说了何杏儿的身世，心中也起了怜悯之心，再看着两个孩子，金童玉女一般，掐指一算两人生辰八字特别相合，索性就将二人封为和合二仙，"和合"即和谐、好合、圆满的意思，主管婚姻美满，家庭和合。至此，中国神话传说中的爱神战队便又多了一个组合。

㉘ 长寿之神——南极仙翁

扫码收听

在中国的传统文化中，福、禄、寿是人们最喜爱、最尊崇的三位福神，有着很高的地位，象征着幸福、吉利和长寿。其中，"寿"指的就是寿星佬，也叫南极仙翁，掌管人间寿命。每逢佳节或者给长者祝寿时，人们都会挂上南极仙翁的画像进行祈福。那么，南极仙翁究竟是从何而来呢？

每年王母娘娘诞辰之日，天界都会举办盛大的蟠桃大会，宴请各路神仙。这一年的蟠桃大会邀请到了一位重量级的大人物——天界大佬、万仙之祖鸿钧老祖。鸿钧老祖的地位在天界相当尊贵，他是盘古开天辟地之前的神灵，居住在混沌天上，拥有神秘的力量和智慧，是太上老君、元始天尊和通天教主的师傅。

能邀请到这样一位大神，玉皇大帝和王母娘娘倍感荣幸，特意给鸿钧老祖奉上了当年蟠桃园中最大最好的蟠桃。似乎冥冥之中有股神秘的力量，鸿钧老祖拿到蟠桃后，并没有吃，而是在宴会之后将其带回了混沌天。

鸿钧老祖将蟠桃放在桌子上，瞧来瞧去，忍不住就对着它施展起了法力。要知道鸿钧老祖可是掌握着宇宙的奥秘，教化万物生灵的混沌仙啊，他一口仙气吹出，蟠桃立刻开始化作人形，变成了一个鹤发童颜、穿着白衣、白眉白须、仙骨飘飘的老人。鸿钧老祖又双掌发力，赋予了蟠桃人九万岁的寿命。

鸿钧老祖看着蟠桃一点点幻化成人，心里美滋滋的，结果一走神，力道弱了下来，蟠桃人的脑袋没有幻化完全就定型了，留下了一个大大的额头，高高凸起，远看就像一个大桃子。鸿钧老祖不禁笑了："看来是天命难违，命中注定啊！你是蟠桃幻化而来的，注定要给你留一个蟠桃脑袋！以后，你就叫南极仙翁吧，居住在南极星。"

南极仙翁

鸿钧老祖又把自己的二徒弟元始天尊找来："他叫南极仙翁，你收作掌门大弟子吧，掌管人间寿命。将来人间会发生一场由姜子牙统领的斩将封神的大战，到时候你就安排南极仙翁去协助姜子牙，尽量调停缓和，不要过多地伤及无辜。"

后来，在武王伐纣期间，南极仙翁多次帮助姜子牙排忧解难，救助众仙，并且还救了姜子牙一命，成为仙界、人间最受欢迎的吉祥神。想当年，白娘子喝多了酒变回蛇形将自己的夫君许仙吓死后，想要盗取昆仑山的仙草，也是南极仙翁出手相助，才最终得偿所愿。就连南极仙翁的两个徒弟——鹤鹿二童，也是感念他的救命之恩拜他为师，心甘情愿地跟随他，并在他需要时化为白鹤和梅花鹿成为他的坐骑。

南极仙翁的经典形象就此定型，鹤发童颜，前额凸出，慈眉善目，满脸微笑，一身白衣，一只手拄着一根弯曲的拐杖，高过头顶；另一只手托着一颗仙桃，周身上下无一不蕴含着延年益寿、健康平安的美好寓意。南极仙翁也逐渐成为中国传统文化中的重要形象之一。

㉙人类生存法器——天医星

医疗是我们生活中重要的组成部分，甚至可以说是人类生存的法器，掌管医药之事的星神名曰天医星。

天医星本名钱保，出生在商朝末年医学世家，儿时便随祖父、父亲上山采药，识得各种药材。少年时又跟着长辈学习问诊开方，自幼耳濡目染又极具天赋，十六七岁时已能治疗些简单病症。本以为可以继承家业，安安稳稳度过一生，奈何天有不测风云，纣王攻打东夷，朝廷征兵，钱保被强行带走参军。

三年又三年，打完东夷打西岐，兵连祸结，钱保凭着自己的医术在军营中颇受军士们欢迎，加上屡立战功，数年后成为三山关总兵张山手下先行官。张山征讨西岐之时，钱保城下搦战，三山关前总兵邓九公出城迎战。

邓九公见叫阵的是钱保，便说："钱将军，你且回去，请张山来，我且有话说。"

钱保听罢心觉邓九公瞧不起自己，便大骂道："你这反贼，朝廷封你为大将，对你如此信任，你居然投降叛逆，真是猪狗不如，如今你有何面目苟活于这世间！"

邓九公被骂得满脸通红，怒目切齿，骂了几句钱保匹夫便持刀上阵，钱保举刀相迎。二人双刀相碰火花四溅，团团如瑞雪滚滚赛愁云，大战三十几个回合，邓九公一个力劈华山将钱保斩于马下，可怜钱保回家行医的愿望终成泡影。

钱保死后，魂魄受清福神柏鉴指引来到封神台，城隍向姜子牙呈上钱保生平，姜子牙念钱保生前治病救人有功，敕封他为天医星，司掌人间医者、医疗、药品及治病等事，也算是完成他继承家业的愿望。

【天医星】

扫 码 收 听

㉚ 宅男鼻祖——宅龙星君

古时，人们为祈求家宅安宁，便会供奉宅神，宅神不似财神会"暴走"，也不比门神善战斗，而是安安静静地守在家中，保佑一家人的平安，这位大神便是宅龙星君。

宅龙星君本名姬叔德，是文王第六十一子。姬叔德从小习武，但更喜文墨，最爱闭门读书，不闻天下之事。奈何身为西岐公子，命运身不由己，四方征战是逃不脱的宿命，好在太公姜子牙了解姬叔德性格，安排其在军中担任文职，非必要不出战。

西岐大军一路向朝歌进发，与八百诸侯汇聚孟津，周军背水扎寨，给了商军可乘之机。商军主帅袁洪带领巨人邬文化夜袭周营，邬文化身高数丈，力大无比，什么刀剑弯弓、盾牌长枪在邬文化面前如同玩具。邬文化手中的武器排扒木，抡起来排山倒海一般。仗着身型巨大，邬文化横冲直撞无人能挡，一时间西岐大营哀号冲天，尸横遍野。姜子牙见势不妙，展开杏黄旗指挥大军撤离，武王姬发在部将保护下也安全撤出，整个周营被杀得乱作一团，最后杨戬运用八九玄功把一个草人变得顶天立地才吓走邬文化。

次日天亮，姜子牙清点人马，共折损士兵二十余万，将领阵亡了三四十人，其中就包括姬叔德。原来当夜姬叔德正在抄录，忽听账外传来喊杀声，刚要拔剑，排扒木扫过，帐篷卷着姬叔德抛到高空，内脏破裂失血而亡。姬叔德死后灵魂上了封神台，姜子牙不禁摇头，暗想太"宅"了也不行，逃跑都跟不上步伐，既然如此就封个宅龙星吧，好好看家保平安。如果你突然间变得很宅，不想出门也不想社交，那可要注意了，是不是宅龙星君来到了身边？

㉛天机不可泄露——天机官

扫码收听

俗话说"不吐不快"，但作为神仙，说话就要谨慎许多，因为"天机不可泄露"。要说天庭嘴最严的神仙当属天机阁的天机官，因为他没有嘴。

截教中有一弟子名叫卢昌，此人颇有些小聪明，投身在闻仲帐下做了一名中军，卢昌为人热情，堪称商军里的"万能交"，上到闻太师、下到火头军，没有他不认识的。但卢昌有个缺点，爱"八卦"且口风不严。这日，朝廷送来御酒犒赏三军，卢昌借着酒劲又打开了话匣子。

"你们看咱太师厉害吧，杨戬都不是对手。"

"那当然，姜子牙才一个打神鞭，咱太师是雌雄双铜。咱们大王都说了，太师是'擎天白玉柱，驾海紫金梁'。"

"但你们知道吗？太师也有怕的东西。"

"什么呀？"

"关系好我才和你们说，你们别外传，我这人嘴最严，太师怕一个字……"

"你就别卖关子了。"

"绝！"

"绝？"

"我也是听说的，太师和这个字犯冲，遇到必有劫数。咱们这有个绝龙岭都知道吧，没发现每次行军咱们都绕着过吗？"

"你这么一说还真是。"

"还有啊，过几天又要打仗了，还是跟西岐……"

商军的行动计划被卢昌说书一般口若悬河地都给讲出去了。敌中有我，我中有敌，经过暗探核实，闻太师的作战方案被姜子牙分析得八九不离十，尤其那句"闻太师怕绝字"更深深记在姜子牙心里。

如卢昌所说，没过几日烽烟再起。这次西岐做了充足部署，更有阐教众多高

【天机官】

手相助，闻太师一路被赶至绝龙岭，可怜他一生辅保朝纲，南征北战，最后惨死于云中子奉敕所炼的通天神火柱。

商军战败，兵士们死的死逃的逃，卢昌意识到可能是自己酒后多言，泄露了军情，自惭形秽欲拔剑自刎，被阐教一弟子及时阻拦，劝其好好修炼，有所修为后为太师和阐教弟子报仇，卢昌含恨闭关。

不久后，通天教主率领众弟子和阐教决战，大摆万仙阵。卢昌感觉时机已到，不由分说加入阵中，战斗的惨烈程度远超出卢昌想象，截教高阶弟子阵亡无数。这时卢昌聪明的智商又占领高地了，指挥着师兄弟们结成小阵，手脚相连，法力贯通，截教还在为浑然一体火力集中而窃喜，西岐的广成子笑了："这不活活一个靶子吗？"直接祭出番天印，小阵法中的十几人无一幸免，当场丧命。

卢昌的灵魂飘向封神台，因为有点小聪明，被封为"天机星"。封神之战两千年后，卢昌投胎转世成为梁山军师吴用。自以为可以大展拳脚，推翻朝廷，重铸江山。万万没想到，吴用"无用"，机关算尽终成空，最后在忠义堂悬梁自尽。

再一睁眼，卢昌已归位天庭，玉帝怕卢昌再因多言引发事端，大手一挥，刹那间卢昌的嘴凭空消失不见，真应了他自己此前说的"我嘴最严"。那卢昌怎么吃饭呢？蟠桃宴是没他的份了，但香火还是有的，饿了就站在西北天机阁用鼻子猛吸几口，大概，常说的"喝西北风"就是从这来的。

㉜ 上天言好事，下界保平安——灶神

　　民间有句俗语："二十三，糖瓜粘，灶君老爷要上天。"传说灶王爷在腊月二十三小年这天要返回天宫向玉帝汇报一年中人间的万事功过，为了让灶王爷"嘴甜"，人们就会给他嘴里塞上一块麦芽糖，又甜又稠，吃得灶王爷张不开嘴，玉帝问什么只能点头言好事。但可知，这灶神不光有灶王爷，还有位灶王奶奶。

　　"灶王爷，本姓张，骑着马，挎着枪，上天言好事，下界降吉祥"，这首歌谣道出了灶王爷的姓氏。灶王爷本名张单，字子郭，是个泥瓦工匠，娶妻郭氏，名丁香，贤良淑德。这一年张单跟着老师傅学会了盖灶台，并结合自己的经验在老式灶台的基础上进行了改良，他修的灶台又美观又实用，深受大家喜爱。十里八村常有人请他干活，一来二去小有名气，收了不少学徒，也攒下不少家财，每天前呼后拥俨然成了小地主模样。此时的张单再看妻子丁香，是咋看咋不顺眼，一纸休书将丁香赶回娘家。

　　家中没有主母，大小事务一团乱麻，一些不厚道的徒弟将张单捧杀，说他堪比鲁班，是天宫匠星转世，哄着他花钱散财。张单自己也飘了，再没了工匠精神，整日吃喝嫖赌，还把青楼的舞妓娶回了家。不作死就不会死，没出半年，家财败尽，房子和地全卖了都不够还赌债，小妾也跑了，以前身边围着的那些人也都不见了踪影。张单没钱还债，被打得遍体鳞伤，瓦刀都拿不起来，更别提盖灶台谋生活。腊月二十三大雪纷纷，饿得实在没办法的张单穿着破衣单鞋，走在大街上要饭。因为德行不佳，也没人愿意施舍，无奈只能顶着寒风去往邻村碰运气。把头的一家院门半敞着，里面的妇人正低头拾着柴火，张单手扶院门微弱地说道："这位大嫂，可怜可怜我，给口吃的吧。"妇人抬起头，二人四目相对，空气瞬

【灶神】

间凝结，这位大嫂不是别人，正是被张单休掉的原配妻子郭丁香。丁香被休后为躲避闲言碎语，独自搬来邻村居住。丁香看着面前衣衫褴褛、满脸病容的张单，不由得眼中泛起泪花，顾不得礼不亲授将张单让到家中。此时的张单内心五味杂陈，望着丁香为自己端水热饭的忙碌身影，以往的画面一幕幕出现在脑海。"曾经有一份真诚的爱情放在我面前，我没有珍惜，等我失去的时候才后悔莫及……"张单至尊宝上脑，羞愧难当，想到这里，一头钻进灶台。丁香见状放声大哭，又惊又悲，气绝身亡。张单死后灵魂来到天上，玉帝念他有悔改之心，便封了张单为灶王爷，其原配妻子心善贤良被封为灶王奶奶。

关于灶神的传说有很多，有的说是王母的女儿三公主下界与凡人成婚被封为灶王奶奶灶王爷，还有的说是封神大战里渑池县守将张奎和妻子高兰英。但不管灶神是谁，民间祭灶神的习俗一直没有改变，尤其家中有小孩的，腊月二十三这天都会买上一块灶糖。不是灶君像请不起，是灶糖更有性价比。

㉝吃货祖师爷——彭祖

说起彭祖，大家首先想到他是华夏最长寿的老人，寿高八百岁，但除了年龄，彭祖还有一个有趣的身份——食神。

彭祖是黄帝的第八世孙，他的母亲女嬇氏怀孕十年仍未有分娩迹象，到了第十一年彭祖的父亲陆终等得实在着急，就剖开了妻子的左肋，三个婴儿呱呱落地，紧接着剖开右肋，又有三个孩子相继降生，这可能是中国最早的剖腹产。其中长子名为昆吾，次子名为参胡，三子名为彭祖，四子名为会人，五子名为曹姓，六子名为季连。

单说彭祖，彭祖最初叫彭十，自幼擅长厨艺，也因为这个名字，天道安排他只有十年寿命。十年光阴转瞬即逝，小彭十自知寿数将近，便为自己做了一桌美食，心想着做鬼也得做个饱死鬼。正吃着，一阵阴风刮过，地府夜叉前来索命，一进屋夜叉眼睛都直了，心想这不白活了吗？当差这些年哪见过这些美味。小彭十见到夜叉进来丝毫没有惊讶："来了，坐下一起吃点吧，吃饱了咱们再走。"夜叉咽了咽口水："你小子还挺会来事，那我就不客气了。"说完夜叉抓起一只鸡腿大快朵颐，紧接着就是一顿风卷残云。小彭十都傻了，自己刚吃半个饼的工夫一桌子菜没了，夜叉满足地摸摸肚子打个饱嗝，不好意思地冲着小彭十笑笑："小子，我知道这拿人家手短、吃人家嘴短，你说吧，有什么心愿，我满足你。"小彭十将手里的半个饼递到夜叉面前："夜叉大哥，我只求一件事，别带我走，让我多活几年。"说着小彭十流下眼泪。夜叉咬了一口饼："人间美味，生命珍贵，该说不说，你这菜做得是真好吃，放心吧，我应你了。"说着从怀里拿出一个名册，找到彭十的名字，在十字上面添了一笔，

【彭祖】

变成了彭千，自此彭祖有了千年寿命。他与夜叉也成为好友，经常下厨为夜叉烹饪美食。

后来彭千成为尧帝手下大臣，当时中原地区洪水泛滥成灾，为保护部落安全，身为首领的尧帝亲自指挥治水，由于长期操劳，尧帝积劳成疾一病不起，连着数日水米不进，眼看着越来越虚弱，大夫们束手无策。关键时刻，彭千端着一碗精心烹制的野鸡羹进来，尧帝闻到香味居然坐了起来，将野鸡羹一饮而尽，连连称赞。第二天尧帝容光焕发，视彭千为千秋万世之功，封彭千为厨神，并将彭城封给了他。彭千受封后，在那里建立了大彭氏国，他也成为彭姓祖先，因此被后世人尊称"彭祖"。彭祖算是把"要想抓住男人的心先要抓住男人的胃"给玩明白了。虽说彭祖没飘，但也有点高，有一天，他走在大彭氏国，思绪万千，一不小心踩了麦苗。这可惹怒了夜叉，作为一个美食家，怎么能糟蹋庄稼，大笔一挥，千岁变成八百。

㉞因酒获罪的仪狄——酒神

扫码收听

　　中国的酒文化源远流长，博大精深，在数千年的历史长河中，酒文化已经渗透人们生活的各个角落，与人们紧密相连。那么，中国的酒神是谁呢？关于这一点众说纷纭，见仁见智。不过大家公认的最早的酒神是一名女性，名叫仪狄。

　　仪狄生活在上古时代，是大禹的女祭司，大禹非常信任她。所谓祭司就是在敬天、拜神、祈雨等各种祭祀活动中，主持祭祀典礼的负责人，具有很高的社会地位。话说有一天，大禹对仪狄说："我听说天上的神仙常喝一种琼浆玉液，喝完就能飞升上天。你能不能给我也做出来？"仪狄接到任务就开始四处去寻找、考察。

　　说起来，人类历史中的大发明家都是命运的宠儿，总是能"碰巧"发现一些新东西、新事物，并由此功成名就。那个时代的人们还不擅长储存物品，多余的粮食也只是堆积在一起，四周用草帘子围起来，把上面盖好。如果遇到连绵不断的下雨天，盖粮食的草帘子就会被泡透，雨水则渗入粮食中。等到天气放晴时，烈日一晒，堆在一起的粮食就发酵了，还会流出汁水。这一现象碰巧被仪狄敏锐地捕捉到了。仪狄不但恰好看到了，还鬼使神差地尝了一下，命运的齿轮就此开始转动。

　　仪狄尝后发现这汁水与平日里喝的水大不相同，喝完浑身热乎乎的，还有点晕晕的，仿佛在腾云驾雾："哎，这不就是上天的感觉吗？"冥冥之中仪狄感觉自己已经找到了大禹所说的琼浆玉液，于是就将这些汁水收集起来，带回去悉心研究。经过她的不断试验和改进，终于酿出了味道更好更纯的汁水。因为是以水为源做成的，并且又是在酉时酿造成功的，于是仪狄就将其取名为酒。

【酒神】

仪狄将酒献给大禹。大禹喝了几口就被震惊了，凉爽的味道滑过喉咙，进入胃里，身体很快就变得暖暖的。再喝下去，整个人轻飘飘的，有一种说不出的快感和兴奋。很快大禹就醉了，倒头大睡。大禹醒来之后，顿时头脑清醒了。作为传颂千年的极负盛名的明君，大禹拥有着常人所无法企及的深思远虑。他对仪狄说："你造的这个东西对人的诱惑力太大了，后世必有因为它而亡国的君主，也会有因为它而做出不当行为，甚至是犯罪的百姓，这是个灾祸，以后不能再造了！"从此大禹渐渐疏远了仪狄，不再重用她。仪狄虽然不再造酒，但是她的秘方却在人间传开了。

仪狄造出了酒不但没得到赏赐，反而因此被边缘化，心中闷闷不乐，不久就抑郁而终。其魂灵飘到了九重天上，见到了王母娘娘和玉皇大帝。两人听说了仪狄的遭遇，对酒充满了好奇，仪狄便又酿了一次酒。玉皇大帝品尝之后，对仪狄赞叹不已："你酿的酒简直比天上的琼浆玉液还要美味，从今以后你就是酒神！"

这就是酒神仪狄的传说，酒在之后也成为中国传统文化中不可缺少的一部分。

扫码收听

㉟百味之祖——盐神

火的使用宣告人类结束了茹毛饮血的时代，而盐的使用则进一步促进了人类文明的发展进程。中国历史上对盐的发现，最早可追溯到远古的炎黄时代。

传说炎帝部落有群族人，他们厌倦了洞穴生活，在首领夙沙氏的带领下顺流而下，最后定居东海，开启探索海洋之旅。最初他们只是捡拾退潮后的鱼，后来开始主动捕鱼。夙沙氏作为首领聪明过人，他从结绳记事发展到结绳织网，使捕鱼产量大大增加，堪称上古时期的"弄潮儿"。这天夙沙氏又满载而归，在岸边架起篝火，放上盛满海水的鬲准备煮鱼。这时从不远处山上下来一只野兽，这东西显然是嗅到了鱼的腥味，龇着牙异常兴奋，而夙沙氏比野兽还兴奋，这是今天要加餐的节奏！说时迟那时快，夙沙氏拎起棒子向野兽走去，于是在海滩上演了一场惊心动魄的人兽搏击战，最后以野兽毙命告终。夙沙氏如此勇猛，那他长什么样呢？此人身躯凛凛，相貌堂堂，个高体壮，八字眉入天窗，一双虎眼射神光。别说区区一只野兽，就是三只围斗也未必是夙沙氏的对手。夙沙氏擦擦额头上的汗水，拖着野兽回到准备煮鱼的鬲边，发现海水早已煮干，鬲底留下薄薄一层白色粉末，用手粘上一点放在嘴里，咸咸的，这可比喝海水好多了。

刚迁徙到东海时，族人依然以在山上狩猎为生，后来一些族人开始捕鱼，结果发现吃了海鱼的族人身体明显比其他人强壮，此后即使不吃鱼的族人，也要偶尔喝几口海水来强健体魄。想到这儿，夙沙氏更兴奋了，他熟练地剥下兽皮，徒手将兽肉撕成几份放在火上烤，不多时香味四溢。夙沙氏拿着烤熟的肉沾上白色粉末，咬上一口鲜香无比，从此，盐在部落流传开来。

夙沙氏煮海为盐，开创华夏制盐先河，被称为制盐宗师，史称盐神。

盐神

36 人间烟火气——碗神、锅仙

中国神话传说中的神仙有很多，有的住在遥远天庭宫阁，有的则留守人间，甚至就在我们身边，比如家家都用的锅碗瓢盆，这最具人间烟火气、朴实无华的器具也有神仙管理。

相传黄帝时期有个叫宁封子的人，一日烤鱼由于没掌握好火候焦成一片，气得他把剩下的鱼全用泥裹起来直接扔进了火堆，正巧此时有人喊他去打猎，宁封子心想鱼吃不成打点野味也不错，结果一走就是三天，等回来才想起火堆里还有鱼。宁封子上前查看，发现外面包裹的泥已经被烧硬，于是他将泥团摔在地上，一分为二，里面的鱼早已化为灰烬，但那两半硬泥却形成两个半圆形的容器，宁封子将半圆容器拿到河边清洗，发现居然滴水不漏，他高兴得手舞足蹈，这以后吃饭喝水不就可以用它了吗。宁封子马上将这个结果汇报给黄帝，黄帝大喜，即刻封宁封子为"陶正"，主管烧制陶器。因为第一次烧陶是泥从火里取晚了而得的容器，因此得名"晚"，随着石器时代发展和文字的出现，"晚"就演变成了现在的"碗"。不幸的是，在一次给窑里添加柴火的时候，窑顶塌陷，宁封子被埋其中而丧命。宁封子的灵魂随着烟火冉冉升入天空，玉帝见到宁封子后，念其制陶有功，封他为碗神。

锅仙更传奇。话说炎黄大战，炎帝负伤落败锅山，病情日渐严重，正觉时日不多之时，来了一位头戴巨大铁帽的仙人，自称是来救炎帝的。炎帝缓缓睁开眼睛，还没等开口说出话，仙人就走了，炎帝以为这是重伤致幻，看来自己要死在这锅山。正胡思乱想时一股奇异的味道传来，原来仙人并未离开，而是到山中寻草药。仙人摘下帽子到河边盛满水，架在火堆上和草药一起煮，炎帝喝了汤药精神大好，仙人又给炎帝煮了些吃的，炎帝体力也恢复不少，见炎帝已然大好，仙人便准备离开，临行前仙人留诗一首："我在锅山处安然，相助炎帝法无边。有朝一日天下坐，别忘铁帽自在仙。"

救命之恩炎帝自不会忘，仙人的铁帽也给炎帝留下深刻印象，于是在炎帝的指挥下铁帽子被批量制作，广泛用于烧水煮饭。但叫铁帽子总觉得不合适，炎帝想起事发锅山，于是就起名为锅，这铁帽子仙也成了锅仙，传说中的"背锅侠"说的也很有可能是他。

【碗神、锅仙】

㊲ 有气节的筷子神——伯夷、叔齐

俗话说"民以食为天"，说起吃饭就不能不提到"筷子"。中国人使用筷子的历史，至今已有数千年了。

关于筷子的发明有各种各样的传说，今天我们要讲的筷子神也是其中之一。

按说，筷子是为了人们品味美食珍馐，享受味蕾盛宴而发明的，那作为筷子神必定是食欲旺盛、对美食颇有研究之人。可是，被姜子牙封为筷子神的这二位——伯夷与叔齐，却是活活饿死的，这究竟是怎么回事呢？

话说商朝末年时，孤竹国有三位皇子，大哥伯夷耿直清廉，遇事不知变通，甚至常常直言不讳批评父亲。三弟叔齐谦逊有礼，聪明好学，深得国王喜爱。按照规矩，本应立长不立幼，但因为孤竹国国王偏爱小儿子，于是临终前就把王位传给了叔齐。叔齐认为废长立幼有违传统礼制，执意要把王位让给伯夷。伯夷不肯违背父亲的遗愿，坚决不同意继位，于是就逃离孤竹国，四处流浪去了。叔齐随后也逃离了孤竹国。

不得不说，兄弟二人真是骨肉相连，心意相通，在那样一个没有现代化通信设备的时代，两人居然在茫茫人海中再次相遇了，并决定从此结伴浪迹天涯，不再回孤竹国。

二人流浪的时候，听说西伯侯姬昌颇有贤德，是一位贤明之君，于是兴冲冲地去投奔姬昌。没想到，此时的姬昌已经死了，其子周武王正在姜子牙的辅佐下大举伐纣。

这一天，周武王和姜子牙带领大军浩浩荡荡走到首阳山附近，正巧遇到了伯夷和叔齐。二人把大军拦住，大声斥责周武王："身为儿子，父亲死了不先下葬守孝，却急于出兵，实为不孝。同时，身为商朝的臣民居然造反，试图弑杀国君，实为不忠，必须马上退兵！"

将士们听得怒火冲天，恨不能立马杀了二人，周武王火冒三丈，对二人怒目

《伯夷、叔齐》

而视，眼看一场血雨腥风就要到来，姜子牙知道伯夷、叔齐是非常有贤德的人，赶紧上前劝说。最终武王没有为难二人，而是客客气气地将他们请走了。

武王灭商建立周朝后，伯夷、叔齐因为不满武王伐纣，于是发誓不吃周朝的粮食，不种周朝的地，便隐居在首阳山靠挖野菜为生。

有一天，面黄肌瘦、衣衫褴褛的伯夷和叔齐正在采摘野菜，迎面遇到了一个妇人。妇人得知二人的事情后，忍不住说道："你们不肯吃周朝的粮食，的确很有气节，可这些野菜也是周朝的啊！如今普天之下，所有的东西都是周朝的。"两人听罢，绝食而亡，这就是历史上著名的"不食周粟"的故事。

伯夷、叔齐死后化成了两棵大树。姜子牙得知此事后赶到首阳山，只见两棵树高大粗壮，树干笔直挺拔，巍然耸立在山上，浓密的树叶倔强地向上伸展着，仿佛在诉说着伯夷、叔齐那不屈的精神。姜子牙睹树思人，忍不住放声痛哭。为了纪念二人，临行前，姜子牙在两棵树上分别折了一根树枝带回了自己的府邸。

此后，每当吃饭时姜子牙都会想起伯夷、叔齐饿死在首阳山的事情，就会特意取出代表伯夷、叔齐的两根树枝拱手祭拜，以示尊重，并且用它们来夹菜吃饭，希望与两位贤人一同品味美食，不再让他们忍饥挨饿。

后来，姜子牙将其取名为"箸"，并在封神时将伯夷和叔齐封为"箸"神。久而久之，人们也纷纷效仿姜子牙的做法，改变用手吃饭的习俗，开始使用两根树枝作为餐具。

因为"箸"与"住"字谐音，"住"有停止的意思，人们觉得不太吉利，于是就反其意改称为"筷"。慢慢地，"筷"代替了"箸"，这就是筷子的由来，而伯夷和叔齐也由"箸"神成了"筷子"神。

38 助人好梦成真的枕头神

扫码收听

传说很久以前有一对夫妻，女子叫枕香儿，男子叫义厚，两个人伉俪情深，举案齐眉。有一天，枕香儿突患恶疾，很快就故去了。义厚悲痛不已，将枕香儿葬在了村外的山脚下。义厚在枕香儿的坟前泪流满面，心中如刀割一般，恨不能就此随枕香儿一起离去。

正在悲痛欲绝之际，义厚隐约听到有人喊他。"难道是枕香儿的魂魄回来了？"义厚抬起头，透过模糊的泪眼四处张望，远远的似乎有个人在向他招手。他赶紧拿袖子擦了擦眼泪，失望地发现并不是妻子，而是一个老人。

只见这个老人长相非常怪异，身体是透明的，硕大的脑袋像牛一样，头顶上还有两个犄角。老人蜷缩在地上，满头大汗，脸憋得通红，瞪着眼，嘴唇发紫，含糊不清地冲着义厚比画，让他过来帮忙。义厚赶紧跑过去，帮老人服下其随身携带的草药，老人长长地舒了一口气，瘫坐在了地上。

待老人休息片刻，从两人聊天中义厚得知，此人竟是三皇之一的神农氏。神农氏不忍人们被疾病和伤痛折磨，于是决心走遍天下，品尝百草，记录下各种草药的形状、味道、功效。尝百草之时，难免遇到毒草，但只要神农氏吃下随身携带的草药（即茶叶）就可以解毒。今天他吃的这种草毒性太大，以致于一咽下去浑身的力气就消失了，要不是碰巧遇到了义厚，神农氏就危险了。

神农氏真诚地对义厚说："小伙子，今天多亏了你救了我。为了表达对你的感谢，我可以满足你的一个愿望。"义厚一听立刻瞪大了眼睛道："那您能让我的妻子活过来吗？"神农氏沉吟了一下："你的妻子已经死了，这说明她在人间的阳寿已尽，你们的缘分也到了。不过，我有一个办法可以让你再见到她。"说着，神农氏从身上取了一个袋子下来，把里面装满了草，然后走到枕香儿的坟头上虚

枕头神

虚地抓了一下也放入袋中，系好口交给了义厚。"我已经把你妻子的魂魄放到袋子里了，你晚上睡觉的时候把它垫在脑袋底下，就能跟妻子相见了。""太感谢您了！这个袋子叫什么？""嗯，你的妻子叫枕香儿，那它就叫枕头吧！"就这样，每天晚上义厚睡觉的时候都会枕着枕头，而枕香儿也如约到来，陪伴着义厚。

自此民间有了枕头神，每当洞房花烛夜时，新婚夫妇都会叩拜枕头神，祈祷夜夜好梦，美满幸福。

扫码收听

㊴ 婚姻生育两手抓——床神

古人认为万物皆有灵，自己的住宅更是需要神灵守护，于是床神应运而生。想来也容易理解，人的一生三分之一时间都要与床厮守，生于床上，睡于床上，也死于床上，床神的存在也在情理之中。

相传床神并不是一个人，和土地神一样，是一对慈眉善目的老夫妻，称为床公、床母。床公手持玉板，床母手持如意，床神主管夫妻和睦，生育繁衍。那床神究竟是从何而来呢？

话说周文王姬昌死后灵魂来到凌霄宝殿，因生前仁德受到玉皇大帝接见，二人相谈甚欢，提到文王育有百子，玉皇更是惊叹不已。在古代"不孝有三，无后为大"，传宗接代很被看重，文王百子简直就是"多子多福"的楷模，于是玉帝便封了文王为床神。文王下界后玉帝将此事讲于王母，王母娘娘听后皱起眉头，既是司掌生育的神祇怎可只封文王一人，于是王母即刻下旨封了文王后太姒为床母，自此床神便有了床公床母。

关于床神的来历还有一种说法。唐朝有名叫郭华的书生，赶考途中与一位卖扇子的女子相爱，二人月下私订终身，不久后女子身怀有孕，郭华倍加努力希望可以金榜题名，让母子俩过上好日子。奈何天有不测风云，郭华感染风寒一病不起，最终撒手人寰。因二人没有正式成婚，女子并不敢大张旗鼓发丧出殡，只得将郭华埋于床下。孩子出生后，女子为躲避流言蜚语远走他乡，为祭奠郭华，逢年过节女子就在床上摆满香烛果品，有邻居好奇前来问询，女子便说是在祭拜床神保佑孩子健康成长，久而久之传为风俗。

民间很多地方都有祭祀床神的习俗，据说床母爱喝酒，床公爱饮茶，祭祀时要分开供奉，称为"男茶女酒"。七夕要拜一拜，因为七夕是床神的生日；春节要拜一拜，保佑新的一年能睡个好觉，也告慰床神一年的辛劳；结婚要拜一拜，保佑夫妻和顺，子孙满堂；孩子出生要拜一拜，保佑孩子健康成长，家族人丁兴旺。

【床神】

扫码收听

⑩宜尔子孙，振振兮——送子娘娘

《诗经》有云："宜尔子孙，振振兮"，体现出古人对多子多福的追求。在古代，生产力不发达，物资匮乏，时而又有天灾人祸，生育就成了头等大事，因此民间对司职生育的神明格外崇敬。众神之中，掌管生子的神祇也很多，如送子观音、碧霞元君、金花娘娘、花婆圣母等，今天要讲的就是碧霞元君。

话说商纣王前往女娲宫降香，因贪图女娲美色在女娲宫题了一首亵渎神灵的诗，女娲回宫后深感侮辱，便用招妖幡唤来九尾狐、雉鸡精、琵琶精，命她三人祸乱殷商，事成之后可位列仙班。经过这三姐妹的不懈努力，还真成功了——商朝亡了。可因为三人杀戮太重，造孽太深，女娲不仅无法履行当初的承诺，还将三人斩杀。轩辕坟中侥幸存活的三尾火狐狸闻听此事十分气愤，打算为九尾狐讨个说法，于是腾云来到天宫想告御状，可刚到北天门就被雷神闻仲发现，一个掌心雷就劈过去，火狐狸吓得慌忙逃窜，东躲西藏误入碧霞宫。此宫乃是王母休息所在，闻仲不敢擅入，便打开第三只眼探查，只见殿内无人，一团妖气若隐若现，闻仲再次发出掌心雷，火狐狸一个纵身躲过，雷打在一尊仙女雕像上火光四溅，火狐狸吓得连滚带爬顺西天门逃下界，受损的雕像也跟着坠落凡间。

逃走的火狐狸暂且不表，单说这尊仙女雕像，她落在深山，不知过了多少年，天地灵气、日月精华让她慢慢觉醒，终于有一天化作人形，她想起从前发生的一切，却无法返回天宫。她掐指一算皆为天意，便开始在人间修行，渐渐地，她发现民间十分注重绵延子嗣，就做了好些泥孩子施法送给已婚夫妻，让他们得偿所愿，因她从碧霞宫而来便取名碧霞元君，人们俗称送子娘娘。后来碧霞元君又收了两个徒弟，耳光娘娘和眼光娘娘，分别保佑小朋友的耳朵和眼睛。

旧时民间祈子有"拴娃娃"的习俗，即带上供品来到碧霞祠，经过上供、烧香、磕头等仪式后，拿出事先准备好的红绳，拴在送子娘娘身边的泥娃娃上，并将泥娃娃带回家，以祈求早生贵子。但需要注意的是，拴完娃娃不能回头，拴娃娃时

【送子娘娘】

碧霞元君满脸慈爱地望着你，可当你一回头，碧霞元君就会露出那张被雷神劈坏的面孔，凝眉瞪目令人畏惧，她是在提醒世人，有了孩子就不能后悔，更要对孩子负起责任。

㊶ 妇女之友——胎神星

　　胎神是掌管妇女胎孕之事的神灵，又称为胎守神、胎儿之神。在我国古代，人们希望胎儿在母体发育过程中能够获得神灵庇佑，以确保胎儿健康成长，于是，胎神应运而生。很多人猜想，胎神一定是位女神，其实不然，胎神乃是文王姬昌的第五十六子，姬叔礼。

　　姬叔礼在文王的百子中虽文武双全却并不突出，他最大的优点是为人谦和，同情弱者又尊重女性，这在当时十分难得。一日，姬叔礼在山中偶遇一位摔伤老者，姬叔礼一路背着老者下山，来到山脚下时老者身下出现一团白雾，变成仙人模样，姬叔礼忙跪下施礼，那仙人传给姬叔礼一样法器，名曰"千光罩"，当遇到危险时，祭起此宝可发出万道霞光形成屏障，赠完宝物仙人飘然而去。

　　不久后，纣王攻打西岐，为首的是魔家四将，老大是持有青云剑的增长天王魔力青，老二是持有混元珠伞的多闻天王魔力红，老三是持有碧玉琵琶的持国天王魔力海，老四是持有紫金花狐貂的广目天王魔力寿。为迎战这四兄弟，西岐几乎调出了所有部将，姬叔礼冲锋上阵与魔力青战在一起，打了四十几个回合后，不敌魔力青催马向城外败去，魔力青紧追不放，一直来到城郊河边二人再次交手。此时魔力青祭出混元珠伞，数颗混元珠向姬叔礼飞去，说时迟那时快，姬叔礼闪身躲过，回头却发现河边有两名浣衣的孕妇已吓得瘫坐在地上。姬叔礼急忙从怀中掏出千光罩抛向河岸，霎时霞光万丈将两名孕妇罩住，魔力青再次搅动混元珠伞，姬叔礼挥刀抵挡，奈何混元珠穿通钢刀，直抵姬叔礼眉心，姬叔礼跌落马下当场身亡。

　　姬叔礼死后灵魂来到封神台，姜子牙知他是为了保护孕妇而亡，敕封他为胎神星。姬叔礼一直非常尊重女性，胎星神作为妇女之友，倒也不尴尬。所以，已经怀孕的家人们，千万别再拿胭脂水粉祭祀胎神了，因为你们的胎神大人是个老爷们儿。

胎神星

㊷ 圣人之师——小儿神项橐

扫码收听

在中国悠久的历史长河中，出现了很多名人异士，其中也不乏聪明绝顶的孩子。有一位神童甚至成为孔子的师傅，被记录在《战国策》《史记》以及《三字经》等经典史料和蒙学读物中。那么，这位神童究竟是谁呢？

有一天，孔子与众弟子驾车出游，一路来到了今天的山东省日照市。孔子正心旷神怡地欣赏着窗外的美景，马车却突然不动了。孔子从车窗探出头来，只见一个孩子正站在路中央，孩子四周摆了一圈石头。孔子呵斥道："你这孩子，为什么挡住车不让过？"只见那个孩子神态自若地微微一笑："先生此言差矣，这是我用石头摆的城池，我就是城主。自古只有车避城，哪有城避车的道理？"孔子一听对他充满了兴趣，"这孩子小小年纪竟如此伶牙俐齿，能言善辩，我得跟他交流交流"。于是命马车绕城而行，而后孔子下了马车来到孩子身边，一问方知他叫项橐，今年七岁。

孔子对项橐说："你如此聪明，可知道什么山上没有石头？什么水中没有鱼？什么门关不上？什么车没有轮子？什么牛没有牛犊？什么马不能生马驹？什么刀没有环？什么火没有烟？什么样的男人没有妻子？什么样的女人没有丈夫？什么时候白天短？什么时候白天长？什么树不长枝？什么样的城没有使者？什么人没有字？"孔子的问题一出口，众人脸色都变了，就连孔子的学生也暗自嘀咕："老师提的这些问题也太难了，别说这孩子了，就连我们都答不上来呀！"

没想到，项橐丝毫没有慌张，流利地回答道："土山无石，井水无鱼，空门无关，辇车无轮，泥牛无牛犊，木马无马驹，砍刀没有环，萤火无烟，仙人无妇，神女无丈夫，冬日白天短，夏日白天长，枯树没有枝，空城没有使者，小孩没有字。"

项橐话音刚落，周围的人顿时掌声雷动，对他无比佩服。孔子也是大吃一惊，要知道他提的这些问题看似随意，实际上涉及天文、地理、社会、自然、家庭、伦理等诸多方面的内容。

《小儿神项橐》

接着，孔子又邀请项橐一起下棋："我车上有棋，我们一起赌一盘吧。"项橐义正词严地拒绝道："我不赌博。如果天子好赌博，那么天下就不能太平；诸侯好赌博，就无心治理国家；官吏好赌博，就会耽误处理公文；农民好赌博，就会错过耕种庄稼的时机；学生好赌博，就会忘记读书；小孩好赌博，就该挨打了。赌博是无用之事，为什么要学它？"听了这番话，孔子既羞愧又敬佩，深深地给项橐鞠了一躬，心悦诚服地拜项橐为师。

经此一事，项橐的名声传遍了各国，甚至传到了天庭上。王母娘娘十分好奇项橐究竟有多聪明，能让孔子拜师？在项橐十岁那年，王母娘娘就派使者将他请到了大罗天。交谈过程中，王母娘娘也被项橐的学识和智慧深深折服，于是封他为小儿神，庇佑全天下的孩子。希望每一个孩子都像项橐一样学识渊博、明辨是非、不断进取，成为祖国的希望之星，中华民族的未来栋梁！

㊸凝天地之精华——石头神

看似平凡的石头，形成却需要上万年，一些独特的奇石甚至要几亿年才能形成。万物皆有灵，更何况这饱经风霜、吸收天地之气的石头。关于石头神的传说，要从大禹治水说起。

相传大禹新婚四天就告别妻子涂山氏，毅然踏上治水征程。为了尽快开通河道，大禹带领众人日夜开凿轩辕山。几个月过去，参与治水的很多人都曾探家，独不见大禹身影。涂山氏十分惦念丈夫，便一个人跋山涉水寻到轩辕山。刚到山脚下，涂山氏就被眼前的情景惊呆了，只见一头巨大的黑熊挥舞着斧子用力凿山，一块块巨石从山上滚落。黑熊一转身，正看见涂山氏，黑熊放下手中斧头向涂山氏跑来。这黑熊正是大禹所化，因轩辕山山势险峻，开凿难度极大，大禹变成黑熊后勇武强壮，无论运石掘土，引水导洪，都非常方便。但涂山氏并不知道，害怕极了，转身奔逃，大禹在后穷追不舍，慌忙间忘了变回本来面目。涂山氏跑得精疲力竭化作了一块石头，大禹见状心急如焚。就在大禹不知如何是好时，石头内部传来婴孩的啼哭，大禹想到定是妻子已身怀有孕，抱着石头悲痛欲绝，大喊着："还我儿子！"话音刚落，随着一声巨响，石头迸裂，一个男婴破石而出。可以肯定这绝对不是孙悟空，此男婴正是中国第一个奴隶制王朝的开创者夏启。后来，人们就称这块石头为"启母石"，迄今仍屹立在河南省嵩山脚下。

如果"启母石"是石头神当中最出名的女神，"石敢当"就是石头神当中最著名的男神。相传很久以前泰山来了几个妖怪，吃人吃兽，可怕异常。泰山脚下有个小伙子名叫石敢当，听闻此事后背着宝剑上山除妖。妖怪们见有人上山纷纷出动，本想着美餐一顿，却被石敢当反杀，没被杀的也狼狈而逃。当地百姓为了纪念石敢当，

【石头神】

也为了震慑妖怪，就在泰山石上刻上石敢当的名字，有的人还将这样的石头拿回家中镇宅，之后果然再无妖孽作祟，于是石敢当也成了驱鬼辟邪的利器。

在远古时代，人们不约而同选择了石头作为狩猎工具、生活用品和装饰，那一时期也被称为石器时代。人们崇拜石头，崇拜它坚硬不腐的品性，石头有神，凝聚着中华民族独特的气质精神。如今的很多地方在正月初十这一天，还要让家中的石碾、石磨、石墩等石头制品休息，不能用其干活也不能随意挪动。这种习俗禁忌叫作"石不动"，也叫"十不动"，因为传说正月初十是石头神的生日，也是"石头节"。不仅如此，有些地方还会向这些石制品烧香祭拜，祈祷新的一年风调雨顺，家宅平安。

㊹神女心里苦——厕神

扫码收听

要说办公条件最恶劣的神仙，莫过于厕神，现代还好，遥想古代，室外茅厕四壁透风，苍蝇蛆虫四处乱窜，更别提气味了。让人大跌眼镜的是，司掌这一神职的居然是一位美貌的妙龄仙女——紫姑。

说到紫姑，她不只是心里苦，命更苦。紫姑姓何名楣，字丽卿，唐代武则天时期山东莱阳人。紫姑天生丽质，才貌出众，丈夫是一位唱戏的伶人。这一日，紫姑跟随丈夫到寿州次使李景家唱堂会，不幸被李景相中，将其强行霸占为小妾，并杀死了她的丈夫。这也引得李景正房夫人曹氏的嫉妒，醋海生波，终于在正月十五月圆之夜将紫姑杀死在茅厕。紫姑含冤而死，阴魂被困在茅厕之中，每到夜深人静之时，茅厕里就传出紫姑凄惨的哭声，李景被吓得每次如厕都要提刀背剑以壮行色。

紫姑的故事慢慢流传开来，世人哀怜她命运苦楚，就连女皇武则天也梦到紫姑向她申冤。女皇醒后，立即审理了紫姑的案子，紫姑沉冤昭雪。天机官将紫姑的遭遇上报给玉皇大帝，玉帝怜悯紫姑，下诏书封她为厕神。于是，民间就有了厕所边燃上一支蜡烛，烧些纸钱等来供奉厕神的习俗。南北各地祭祀的时间也各不相同，有的是正月初六，有的是正月十一，有的则是正月十五，但不管哪一天，人们的心愿是一样的，都希望，新的一年风调雨顺。

茅厕虽然环境腌臜，但却不能在此出言不逊，在里面骂人、说别人坏话是万万不可的。这也是神仙的监督作用，警示世人无论是人前，还是无人处，都要注意克制自己的言行，自律修身。

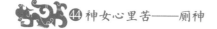

扫码收听

㊺五谷丰登——五谷神

传说正月初八是谷子的生日，因此这天也被称为"谷日节"。古人会在这天举行各种各样的活动来祈求新一年的五谷丰登。五谷慢慢也被赋予神话色彩，五谷神承载着希望和祝福从泥土中成长出来。

说起五谷神，不是旁人，正是殷商皇子——殷洪。这天玉虚门下的广成子和赤精子驾云路过朝歌，忽然一道红光冲破天际，映得二位仙人脚下腾云如火。仙人掐指一算，原来是纣王受妲己迷惑，要杀了自己的亲生骨肉殷洪、殷郊，此时兄弟二人正被押赴刑场，广成子和赤精子当即施展法术将两兄弟救下。广成子带走了殷郊，赤精子则收殷洪为徒，从此在太华山云霄洞修炼。一转眼十几年过去，赤精子倾囊相授，不仅教会殷洪武艺法术，还将自己的阴阳镜、水火锋、八卦紫绶仙衣、方天画戟等多件法宝兵器授予殷洪，希望殷洪可以顺从天道，辅周伐纣，殷洪也立下誓言，定不辱命，如有违背，灰飞烟灭。

殷洪下山，途遇申公豹，受申公豹挑唆而反水助纣伐周。有法宝加持的殷洪如虎添翼，每次与西岐交战都是碾压式胜利。无力反击的西岐派杨戬到太华山请来赤精子，奈何殷洪手中法宝十分霸道，赤精子也无可奈何，只觉得老脸丢尽，化作金光逃走。西岐再次陷入被动局面，但西岐有主角光环，关键时刻赤精子借来了先天至宝太极图，将殷洪引入图中，殷洪随即陷入幻境，眼前出现自己已经死去的娘亲姜皇后，殷洪泣不成声，姜皇后指责殷洪不该违背师命、违背天道，背叛誓言即将灰飞烟灭，殷洪十分悔恨，声泪俱下。图外的赤精子心疼不已，旁边的慈航道人看出赤精子犹豫，马上提醒他收图，万般无奈下赤精子慢慢合上太极图，霎时间，殷洪灰飞烟灭。

殷洪的魂灵带着无尽的遗憾去往封神台，作为皇子，殷洪的前半生风光无限，应誓而死虽是天道，但也令人唏嘘。姜子牙掐指一算，殷洪若是活着将来很有可能成为天下共主。民以食为天，于是敕封殷洪为五谷星，即五谷神，掌管天下粮食之事，保佑人间五谷丰登。

扫码收听

46 恪尽职守的四季神

斗转星移，四季轮回。正是有了春生、夏长、秋收、冬藏，才孕育出中国灿烂的农耕文明。那么，究竟是谁在掌管四季，为人们创造了如此美好的生存空间呢？

话说上古时代，氏族部落之间发生了一场非常著名的战役——涿鹿之战。战争胜利后，黄帝自然而然地成为了中央大帝，同时还封太昊为东方青帝、少昊为西方白帝、炎帝为南方赤帝、颛顼为北方黑帝，管理四方，安定天下。又分封了四季之神辅佐几位天帝，即句芒辅佐太昊，谓之春神；祝融辅佐炎帝，谓之夏神；蓐收辅佐少昊，谓之秋神；玄冥辅佐颛顼，谓之冬神。

春神句芒，居于东方，在五行中东方属木，因此也被称为木神、东方神。他鸟面人身，一身绿衣，出现时常常骑着两条龙。他主管万物生长，草木萌发。每到春天，句芒就忙着唤醒大地，让沉睡了一冬的生命重新焕发生机，并妥善安排计划好一年的农事。为了表示对句芒的欢迎和敬意，人们也会举行热烈的迎春祭祀活动。

夏神祝融，居于南方，南方在五行中属火，因此也被称为火神、南方神。祝融人面兽身，爱穿红色的衣服，掌管着熊熊烈火，坐骑是两条能喷火焰的火龙，真是与炎炎夏日的火热明亮相得益彰。祝融用他的热情似火为人间注入了无限的动力和能量，万物都铆足了劲儿蓬勃生长。人们祭祀夏神时，常常穿着红色的礼服、佩戴红色的饰品，表示对其尊重和对夏粮丰收的祈祷。

秋神蓐收，名字中就蕴含着"收获"之意，再加上他的坐骑——两条金光灿灿的龙，完美诠释了大地丰收时那黄澄澄、金灿灿的样子。蓐收四方大脸，双耳

四季神

垂肩，手持一把巨型纸扇，喜穿白衣，袖口宽大能容天下万物，姿态既威严又个性十足，居住在西方的渤山，因此也被奉为西方神。蓐收降临人间时金光四射，蓐收时常还会扇起秋风，将瓜果的香气、成熟的种子吹向四面八方，让每一个人都感受到丰收的喜悦。

冬神玄冥，跟春神句芒形象相反，人面鸟身，鼻直口阔，目深眉低，一双翅膀宽大非常，展开后可遮天蔽日，周身上下透着一股冰冷阴寒的感觉，看他一眼都要打个冷战，恰似冰天雪地的寒冬。他居住在北海之地，因此也称北方神。玄冥出现时，常常伴随着刺骨的寒风和暴风雪，河流结冰，万物闭藏，动物蛰伏，人们也趁机休养生息，以便迎接下一次春神的到来。

自从给句芒、祝融、蓐收、玄冥安排了这份工作，他们从来都没有出过任何纰漏，千百年来都兢兢业业、尽职尽责地按顺序巡视人间，从不私自调岗，更不会擅离职守，可谓诸神中的劳模、典范！

47 舍生取义的树神

扫码收听

自古以来，人们就对自然有着敬畏之心，尤其是那些经历了数百年甚至是上千年岁月洗礼、枝繁叶茂的古树，树根深入地下，四通八达；树干苍劲有力，直入九霄，仿佛连通天地之间的纽带。树更被人们看作是有灵性的，并赋予了它们神灵的身份与传说。至今在很多地方人们还有向古树祭拜祈福的习俗。那么在中国神话故事中，树神是谁呢？他就是黄帝的儿子黄祖。

上古时代，在中华大地上爆发了一场空前绝后的战争，即黄帝大战蚩尤的涿鹿之战，双方实力相当，战斗激烈。为了打败黄帝，蚩尤特意请来了风神助阵。风神施展法术，刮起了狂风，一时间飞沙走石，黄土满天，黄帝的军队迷失了方向，不辨敌我，损失惨重。后来，黄帝发明了指南车，才避免了更大的损失。但是，怎么才能彻底将风止住，破解风神的法术呢？黄帝冥思苦想，绞尽脑汁也没找到办法。某天晚上神仙托梦给黄帝，要想打败风神，得要有树，树能挡住风。

黄帝早上一醒来就赶紧召集群臣开会，大伙儿一听用树来挡风，纷纷感叹这真是个绝妙的好主意！可是，问题随之而来，此刻在战场上，荒郊野外去哪儿找那么多树啊！大家讨论得轰轰烈烈、热火朝天的时候，有一个人却悄悄地退出了营帐。这个人就是黄帝的儿子，名叫黄祖。黄祖是一位阴阳神，手持阴阳板，拥有变幻术，能随心所欲地变成任何植物、动物，可一旦进行变幻，就会永远失去人的身份。因此，他这个法术不能轻易施展。

看到父亲为了击退风神而一筹莫展，黄祖决心牺牲小我，成就父亲的大业。于是他来到黄帝大军的阵前，施展变幻术，化作了一片树林。黄帝听到黄祖变幻的消息悲痛万分，冲出帐外，一眼看到儿子化身的那一排排大树如铜墙铁壁般立

【树神】

在阵前。此时，正遇上蚩尤带着风神前来挑衅。风神面对黄帝的军营施展法术，大风却被大树挡得严严实实，黄帝的军队在树的守护下安然无恙。风神一时垂头丧气，无计可施。黄帝的大军趁机一拥而上，大败蚩尤。黄帝成为天子后，为了表彰黄祖舍生取义的壮举，将其封为树神，管理天下所有的树，并赋予其呼风唤雨的本领。

在中国的传统古籍中，还曾经记载过关于黄祖的故事。据说有一年大旱，庄稼颗粒无收，饿殍遍野。百姓正处在水深火热之中时，黄祖出现了，说："我是树神黄祖，能兴云雨。"果然第二天天降大雨，百姓们得救了。所以，大家一定要保护树木，珍爱自然，特别是千年古树，备不住哪棵大树里就住着黄祖呢！

㊽繁花似锦——花神

"百花生日是良辰，未到花朝一半春；万紫千红披锦绣，尚劳点缀贺花神。"古时，人们会按照不同地区的花期花信来举行纪念花神的活动，称为花朝节，也叫花神节。花朝节热闹非凡，无论男女老少都会在这期间相约踏青，除了赏花，还要在花枝系上红布条，既为装饰，也有为花神贺寿之意，此举称为赏红。这些还不够，还要做花糕、放花灯、赶大集、拜花神庙祭祀花神……仪式如此隆重，那花神究竟是谁？这还要从晋代一名女道士说起。

三国魏晋时期有名叫魏华存的女子，自幼饱读诗书，不喜与外界来往，一心修道，终成为道教上清派第一代太师，羽化后被封为紫虚元君。这日，魏华存在林间散步，忽听有婴儿啼哭，魏华存寻声而去，发现百花丛中有一女婴，女婴见到魏华存止住哭声，双手不停摇晃，魏华存心生怜爱，将女婴收养取名女夷。慢慢地女夷长大，魏华存收其为徒，向她讲经传道。女夷非常喜欢花，陪着魏华存深居简出，种植各种花卉。她熟花性，知花语，魏华存的院子一年四季都有女夷种的各式鲜花盛开。数年后，魏华存来到南岳衡山集贤峰下，"结草为庐"专心修炼，外部事宜交给女夷打理。女夷每日做完修行功课就在山上寻找各种奇花异草，经过精心培育，南岳鲜花似海，宛若人间仙境，引得山下善男信女前来拜访，求取种花之道，女夷也不吝惜，将种子和方法一一传授。直至今日，衡山一年四季依然鲜花漫山、争奇斗艳。

公元 334 年 83 岁高龄的魏华存羽化，脱离凡尘被王母娘娘封为紫虚元君，女夷也位列仙班被封为花神，统领天下花卉。

【花神】

㊾ 人马奇缘造就的神——蚕神

丝绸是中国特产，有着悠久的发展历程。在神话传说中也有一个与它相关的神，名叫蚕神。蚕神是一位年轻漂亮的姑娘，通常身披马皮，身边还有一匹白马。为什么蚕神会是这样的形象呢？

话说玉皇大帝有一匹天马名叫腾云，跑起来风驰电掣，能腾云驾雾。腾云性格活泼，没事就喜欢在九重天上肆意奔跑，结果跑得太兴奋了，这一天它一不留神就冲出了天界，掉到了人间的一个深山老林中。

腾云初来人间，看到山里的奇花异草、山川美景跟天宫完全不一样，顿时对人间充满了好感："哎呀，这人间可太美了，我得找个地方住上几天再回去。"腾云信马由缰地在山间四处溜达，迎面遇到了一个砍柴的老人。老人一看这匹马通体雪白，没有一根杂毛，眼神透亮，高大健壮，妥妥的宝马良驹啊！"马儿啊，你主人呢？要不你先跟我回家住几天？"腾云正愁无处去呢，一听这话乖巧地跟着老人回了家。

"爹，您回来了！"刚一进院门，腾云就听到了一个脆生生的声音，紧接着只觉得眼前一亮，一个十分漂亮的姑娘笑吟吟地迎了上来。原来这是老人的女儿，父女两人相依为命。腾云对姑娘一见钟情，但它只是一匹马而已。腾云心想："虽然我不能跟你成亲，但是我可以在这里永远陪伴着你，只要每天能见到你，我就心满意足了。"从此，腾云就在这里住下了。

过了一段时间，老人又去山里砍柴，结果好几天都没有回来。姑娘心急如焚，急得直抹泪，对着腾云喃喃自语道："马儿啊，要是有人能把我爹找回来，不管是谁我都嫁给他。"腾云一听，顿时来了精神，一声长啸飞奔了出去。腾云来到一片空地上施展法力，腾空而起，四处张望。只见老人正躺在深山的一棵大树下，奄奄一息。原来老人砍柴时不小心摔断了腿，于是腾云赶紧将老人驮回了家。

【蚕神】

老人得救了，姑娘特别高兴，但是却没提结婚的事情。腾云顿时伤心了，整日里不吃不喝、郁郁寡欢。老人很是奇怪，一问女儿才知道事情的原委。姑娘说："爹，既然我说了这话，那就得兑现诺言。"老人一听火冒三丈，"虽然我很感谢马儿救了我的命，但是我绝不能让它跟你成亲"。老人一狠心就把腾云杀了，并剥下了马皮。姑娘失声痛哭："马儿，我对不起你，是我害了你。"就在这时，突然狂风大作，天昏地暗，腾云的尸骨随风飘到院外，瞬间化做一片桑林。马皮则借着风势飞过来把姑娘包了起来，就势挂在了树上。老人见此情景悲愤交加，撞树而亡。老人死后魂灵跑到城隍庙去告状，城隍一听，居然有这样的事情！当即就来实地考察，发现姑娘被马皮包住后，化作了一只白色的虫子，脑袋就跟马头似的，还会吐丝。城隍赶紧将此事上报给了玉皇大帝。玉皇大帝正在四处寻找腾云，一听这事顿时明白了，随即把腾云的魂灵招到了灵霄宝殿。听完腾云的诉说，玉皇大帝将姑娘封为蚕神，并特许腾云留在人间，陪伴在姑娘身边。

因为蚕的头像马头，所以人们也把蚕神称作马头娘。又因为蚕吐出的丝可以制成丝绸，最终做成衣服，蚕神也被称为衣服神。一段人马奇缘就此成就了中国源远流长的丝绸文化。

50 大发明家——船神、车神

扫码收听

　　古时候，交通很不发达，外出也不太安全，既有天灾，也有人祸。为了祈求平安，保佑出行安全，民间就有了祭拜船神和车神的风俗。那么，船神和车神究竟是谁呢？

　　上古时代，有一次尧率领大军打仗，遇到了一条大河，水流湍急，河面宽阔，阻挡了大军的行程，尧绞尽脑汁也没有想出办法过河。心情郁闷的尧在睡梦中见到了一位仙骨飘飘的神仙，对方告诉他，有一个名叫冯耳的人能帮助大军渡河。

　　尧一觉醒来，立刻命人四处寻找冯耳，很快就找到了他。冯耳跟随尧来到河边，只见深不可测的河流似一条巨龙翻滚着，奔涌不息，两岸的树木笔直挺拔。冯耳心生一计，对尧说："大王，臣有一个主意，可以伐树捆在一起，乘坐其渡河。"尧大喜，立刻命人按照冯耳的方法，将大树伐倒绑在一起，士兵果真利用它安然渡过了大河。后来，冯耳又经过多次试验，将圆木改成了木板，使人坐上去更加平稳舒适。

　　因为是在梦的启示下找到的冯耳，因此尧尊其为"梦公"。后来在长期的民间流传中，"梦公"慢慢演变成了"孟公"。不久后冯耳成婚，他的妻子在造船方面也颇有天赋，她在冯耳发明的木板船的基础上又增加了船帮等配件，渐渐形成了现代船只的雏形。于是，人们将冯耳尊为船神。每当外出打鱼或者出海行商时，人们都会提前祭拜孟公，祈求行船平安顺利。

　　车神名叫奚仲，也生活在上古时代，是远近闻名的能工巧匠，负责协助大禹治水。在工作中，奚仲发现每次人们从山上往下运送粮食、石头等物品时总是需要用肩膀扛，非常辛苦费力，于是他就琢磨着想找一种更为省力的方法。经过仔

【船神、车神】

细观察，他发现人们运送木头的时候，常常将其放在地上滚着走，非常省力。于是他就利用圆木做成轮子，并将轮子中间掏空，再加上一根横木将两侧的轮子连接起来，最后在横木上铺一块木板，这样将粮食、石头放在木板上运送就轻便多了！就这样，奚仲造出了世界上第一辆独轮车，后来经过多次实践和改进，又研制出了双轮车，大大提高了运输的效率，减轻了人们的负担。大禹得知这一切后，将奚仲封为"车正"，主管车辆制作和交通运输。

奚仲的发明为人们的运输、出行、信息传递、商贸交流等提供了便利，促进了道路设施的发展，不仅对我国影响深远，也是人类交通史上的一次巨大进步，具有划时代的意义。因此奚仲被百姓们奉为车神，很多地方还为他修建了奚公祠。直到现代社会，有些人出行时还会祭拜他，或者在心里默念几声，让车神奚仲保佑自己一路平安。

51 说走咱就走——路神

扫码收听

　　"在家千日好，出门一日难。"古往今来，出门远行都是件大事，尤其在古代，远行更是非常艰难，所以人们祈求神仙的保佑。说起路神，那可不只一个，有开路神，还有险道神。

　　相传上古时代，水神共工有个儿子名叫犬修，是个腿长脚大之人，擅奔走，喜远行，算是当今"驴友"的鼻祖，因此共工将氏族迁徙的任务交给了他。犬修带着族人们四处游走，遇到宜居的地方就留下来与当地人融合，就这样游走了数年，族人遍布各地，得以繁衍生息，开枝散叶。犬修热爱自然，向往远方，晚年走不动了，也要驾舟车云游，最后离世也是在远行的途中。他的灵魂飘到九重天外，玉帝念他迁徙族人有功，敕封他为路神，保护天下行路之人。

　　另两位路神则是兄弟俩。话说纣王身边有两名高大的镇殿将军，一个身高三丈六，另一个身高三丈四，都是四只眼，站在殿上威风凛凛，二人正是方弼、方相。这体制内的工作本来是不招灾不惹祸，奈何纣王受妲己迷惑，不仅杀害了姜皇后，还将屠刀伸向了殷郊、殷洪两位皇子。这可急坏了方弼、方相，二人不忍看国母屈死，太子遭诛，毅然背着两位皇子逃出朝歌。后来兄弟二人与皇子分手，几经周折投靠西岐麾下担任先锋，逢山开路，遇水搭桥，最后不幸在截教的十绝阵中身亡。方弼、方相的灵魂进入封神台，姜子牙念他兄弟二人保驾皇子有功，敕封方弼为显道神，也写作险道神，方相为开路神。这两位神的主要工作是给逝者开路，旧时出殡都会扎上两个高大的纸人，即方弼、方相，他们的职责就是保护送葬的队伍安安全全地到达墓地。

　　在古代，上到天子下到百姓，都将路神作为重点祭拜对象，现如今交通工具发达了，祭祀路神已不多见，但出门远行前的美好祝愿从未改变。

【路神】

(52)护佑一方的城隍、土地神

扫码收听

在中国的神话世界里，单从数量上来讲，有一群数目众多，地位较低，但又十分重要的神仙，那就是城隍和土地神。与其他神仙不同，城隍和土地神并没有十分明确的名字，通常是由当地表现突出的杰出人物来担当。比如，做好事、行善事的人，正直善良、德高望重的人，或者是当地的英雄人物、忠烈之士、名士名臣等，死后就会被玉皇大帝封为城隍或者土地神，护佑一方百姓。

城隍主要负责管理城市，某办公的地方叫做城隍庙。城隍庙通常建在城市里，装修得富丽堂皇、风格各异，办公环境较为舒适优越。城隍的主要职责一是对当地百姓的一生进行评判和鉴定，当地百姓死后，魂灵会被带到城隍庙，城隍根据此人生平所做的事情进行鉴定，之后便将鉴定书上交给阎王爷，由此来决定是转世投胎，还是打入地狱；二是管理地方治安，调解民事纠纷等，保护一方百姓平安、和谐地生活。可见，城隍的责任十分重大。

土地神主要负责管理乡村，办公地点是土地庙，通常建在村头、山坡、树下，甚至是田间地头，办公环境较为简陋。土地神的职责跟城隍差不多，但是管的事情更杂、更琐碎一些，除了日常的治安，还要关注土地耕作、庄稼丰收、天灾瘟疫等，只要是在乡村发生的事情都归土地神管理。

土地神要管的事情实在是太多了，于是玉帝特准他娶妻，也就是土地婆，一起分担工作。有了土地婆，一方面减轻了土地神的负担，另一方面也是对土地神管理权的一种制约。原来土地神管理地方事务时，多少有点随心所欲。现在有了土地婆，两人商量行事，处理起地方事务来也就更加合理了。

当然，土地公和土地婆也不总是那么和谐，有时难免因意见不合发生激烈的争吵，甚至大打出手。每当地震时，老人们就说土地神和土地婆两位神仙又打架了。

城隍、土地神

㊾ 守护蓝色海洋的四海神

太古时代，宇宙混沌一片，天地不分，仿佛一个硕大的鸡蛋。人类的始祖盘古凭一己之力开天辟地，最终力竭而亡。他倒下后，头发化作了森林，血液化作了江河湖海，四肢则化成了四条龙，成为中国民间神话传说中的四海龙王，分别管辖着东、南、西、北四大海域，也称为四海神。

在四海神中，位居首位、权力最大的是东海龙王敖广。他是一条青色的龙，法术高强，能杀惯战，脾气有些暴躁，属于司雨之神，负责管理人间的下雨、打雷、洪水、海潮等。在中国的传统文化中，青龙象征着吉祥、富贵和太平，能够为人们带来机遇，吸引财运，在中国神话传说中出镜率极高，很多民间故事中都有东海龙王敖广的戏份。

南海龙王敖钦，是一条赤龙，掌管火、闪电、人间三昧真火等。南海龙王是个火暴脾气，常常一言不合就翻脸不认人，一不顺心就把海上搅得狂风大作，波浪滔天。在古代，南方人民主要以打鱼为生，因此南海龙王在渔民心目中的地位颇高，供奉南海龙王的神庙也比较多，人们出海前都会去祭祀朝拜南海龙王，希望他能够心情舒畅，情绪稳定，保佑自己平安归来。

西海龙王敖闰，是一条白色的龙，掌握着风源对流、气候阴凉、天气变迁等。西海龙王是四海神中脾气最温和的一位，因此在中国神话传说中存在感也比较低。他从不与人争执，也不爱管闲事，深居简出，只管自得其乐、悠哉快活地过自己的日子。

北海龙王敖顺，是一条黑色的龙，因其居于北方极寒之地，所以主要负责下雪、冰雹、冰霜、冷冻等工作。每年一到冬天就是敖顺大显神威的时候，只要他一出门，就会带来冰冷刺骨的寒流，把人间瞬间变成冰雪大世界。

与其他神仙不同，四海神并不居住在天界，而是生活在蔚蓝色的大海中，拥有较大的自治权。平日里四位龙王皆雄踞一方，各司其职，互不侵犯，倒也是其

乐融融。一旦他们之间出现矛盾，镇守东海眼的申公豹就会及时出面，将四位龙王召集到一起进行调解，化解他们的纷争，避免影响人间安定。有时候，申公豹还会特意组局"搞团建"，增进龙王们之间的沟通和交流，拉近彼此的关系。别看申公豹总给姜子牙捣乱，可在维护人间太平、履行职责方面真是毫不含糊，十分尽责。

54 海洋女神——妈祖

逝去千年，有位平民女子至今仍被无数人怀念，她就是海神妈祖林默娘，一位充满传奇色彩的女子。

公元960年3月23日傍晚，一颗流星从湄洲上空划过，直奔林宅方向坠落，林宅顿时通红一片，似火光冲天。众人惊异之时，林氏夫人的产房中又飘出一股奇香，随着香气飘散，林氏夫人诞下一名女婴。这可人的婴孩出生并未啼哭，而是睁大眼睛安静地看着周围的一切，林老爷为其取名林默，家里人也亲昵地称她默娘。默娘一天天长大，能跑能跳，就是不说话。

默娘3岁这天，一位道人来到家中，对林老爷讲自己是专为林默娘而来，说完，用手在默娘额头轻轻点指，只见默娘嘴唇慢慢张开，喊了一声"爹"，又叫了一声"娘"，从此默娘和普通孩子一样爱说爱笑。道人并未逗留，只说十年后会再来林家传授默娘"玄微秘法"。转眼十年后过去，道人如约而至，将法术倾囊相授，林默娘天资聪颖，未到三年便全部掌握。她立志终身不嫁，用所学本领搭救海上遇难的船只。她医术精湛，经常为沿海百姓免费治病，深受爱戴。

天有不测风云，林默娘28岁这年在海上救人时不幸遇难。人们为了纪念她，在湄洲修筑了妈祖庙。妈祖庙建成当夜，林氏夫妇做了同一个梦，梦里林默娘身披红衣，背后万道霞光，对他们说，自己是被上天召回，已位列仙班，从此守护海洋。默娘生年虽然仅28岁，却被宋、元、明、清四朝的14位皇帝先后进行了36次册封，这使得妈祖的神格不断上升，逐步成为集佛、道、儒三家为一体的中国古代民族文化形象。同时妈祖也是集合了无私、英勇、善良、慈爱等多种传统美德于一体的代表。历时一千余年，妈祖已成为中国，乃至世界最大的海神之一，信奉她的人最多，祭祀她的庙宇也最多。20世纪80年代，联合国教科文组织授予妈祖"世界和平女神"称号；2009年9月，"妈祖信俗"被联合国教科文组织列入《人类非物质文化遗产代表作名录》。

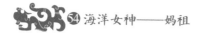
"有海水处有华人，华人到处有妈祖。"这是妈祖作为诸多海神领军人物的真实写照。

【妈祖】

(55) 功不可没的江神、河神

扫码收听

长江与黄河一南一北，如两条巨龙般，盘踞在中国大地上，千百年来孕育了中华民族的繁衍与兴盛，铸就了中华文明的灿烂与辉煌。那么，这一江一河分别由哪位神仙掌管呢?

在中国的传统文化中，长江之神是分段的，有上游神，中游神，还有下游神。那么公认的总体的长江之神是谁呢？他就是家喻户晓的爱国诗人屈原。

屈原是战国时期的楚国人，出身贵族，胸怀天下，学识渊博，深受楚怀王信任，推行变法改革，提倡“美政”，为振兴楚国做出了巨大贡献，但也因此与旧贵族和顽固势力产生了矛盾，遭到了奸佞的诬陷和迫害，最终被排挤、放逐。楚国灭亡后，屈原的政治理想彻底破灭，悲愤交加，于农历五月初五投江而亡，以死明志。屈原投江后，百姓们纷纷划船打捞其遗体，又为了防止其遗体被鱼当成食物，纷纷往江中投入粽子，之后在每年的五月初五便有了划龙舟、吃粽子的习俗。为了纪念屈原，人们将其称为江神。

黄河之神，也叫河神、河伯，名为冯夷，生活在上古时代。此人每天无所事事，不思劳作，唯独对当神仙一事特别痴迷，一心想成仙得道。所谓日有所思，夜有所梦。终有一天他梦到了一个老神仙，老神仙告诉他，只要连续喝一百天水仙花的露水就能成仙。冯夷对此梦深信不疑，于是四处寻找水仙花。冯夷家就住在黄河边上，为了找水仙花，他时不时要路过黄河或者横渡黄河。日子一天天过去，冯夷也顺利地喝了 99 天水仙花汁液。第 100 天如期到来，冯夷异常激动，终于要成仙得道了，多年来的梦想就要成真了，他兴奋地沿着黄河边去寻找水仙花。

上古时代的黄河不像现在，没有固定的河道，河水肆意地在大地上蔓延，到处是一条条的河流，地面也被冲得沟沟坎坎。黄河的脾气也让人捉磨不透，有时候水流缓慢，风景宜人；有时候波浪滔天，泛滥成灾。冯夷正走在黄河边上，憧憬着美好的未来，突然黄河就起了大浪，一时间波涛汹涌，洪水夹杂着泥沙翻滚

【江神、河神】

着冲过来，冯夷还没等反应过来就被卷入了水底，一命呜呼了。

死后的冯夷异常恼怒，一肚子怨气，于是来到玉皇大帝殿前告状。玉皇大帝听了冯夷的遭遇也觉得黄河做得太过分了，想施以惩戒。没想到经调查发现，难怪黄河如此不守规矩，为所欲为，肆意危害百姓，是因为根本就没有神仙约束它。玉皇大帝对冯夷说："我封你为黄河之神，管理约束黄河，你可愿意？"冯夷一听大喜过望，成为黄河之神一方面圆了自己成仙之梦，另一方面也可以报仇雪恨，于是满口答应下来。于是冯夷就成了黄河之神，但由于他生前不学无术，也没有高深的法术，一时之间也不知道该如何管理，所以他刚成为河神时，黄河依然连年泛滥，给人们带来灾难。

可能是复仇心切，也可能是珍惜神仙身份，成仙后的冯夷一改往日的游手好闲，对治理黄河之事非常用心，锲而不舍。为了更好地了解黄河，他跋山涉水、历尽千辛万苦绘制出了一幅黄河水情的河图，详细记录了黄河各处的流速、流量、水位以及地理特征等。多年后，大禹治水时听说了冯夷绘制河图之事，特地上门请教。冯夷说："这么多年终于等来了懂行实干的人啊，这下黄河可有人管了！"之后便立刻把河图送给了大禹。大禹也不负期望，在河图的帮助下将黄河治理得服服帖帖。

56 地下之恋——井神

扫码收听

　　远古先民逐水草而居，这使得社会进步和农业发展受到制约，后来发明了凿井，人们才可以不受江河湖海的限制，在广袤的内陆地区生存繁衍。作为古代家庭的必备之物，井与床、灶台、门一样，都有神灵守护。相传井神的出现与一段爱情故事有关。

　　春日和煦的阳光给平静的大海镀上一层金色的光，突然，一个水柱从海平面升腾而起，吸引了众人目光，此景正是东海龙王之女敖赛花骑着避水兽出龙宫。敖赛花正值妙龄，被龙王视为掌上明珠，对她十分娇惯宠爱，因此敖赛花可以自由出入东海游玩。敖赛花喜欢被众星捧月的感觉，此刻，她隐去身形，故意制造浪花，得意地看着众人惊异的表情，飞身上岸。人群中她与一个白衣公子擦肩而过，那公子目若朗星，谈吐儒雅，气度非凡。虽然那公子看不见敖赛花，但敖赛花依旧脸蛋绯红，没了游玩的心思，转身回到龙宫。

　　可不知怎么，无论白天黑夜敖赛花脑子里都是那个白衣公子的身影。到了第三天，敖赛花心绪烦乱坐立不安，思前想后吐出龙珠施展法术，调动东海周边所有水系寻找白衣公子，不出一炷香时间白衣公子住处被锁定，敖赛花催动法力将东海与白衣公子家宅地下打通一条水路。此时，白衣公子正在家中读书，只听到院内咕咚一声，平地陷下一个大窟窿，清澈的水汩汩涌出。

　　邻居闻声赶来："井公子，怎么了？"白衣公子名叫井德恩，是名书生，谦逊有礼，常帮人免费代笔，远近闻名。

　　"王大哥您来得正好，这地上出现个洞，里面还有不少水。"井公子拉着邻居王大哥往地上看。

　　"还有这奇事？"说着王大哥捧上一手掌窝水，一饮而尽，痛快地说："真甜！比河里的水好喝太多了，还没有泥沙！"

　　院子里的人越聚越多，纷纷来到近前品尝，大伙商量着都要在自己家院子里

【井神】

挖坑取水。不知是不是因为敖赛花也打通了附近的水系，家家户户不费什么力气都能挖出水来，人们欣喜，再也不用为了打水走上好几里路，大家想给这有水的窟窿取个名，有人提议即是在井公子家发现的，不如就叫井，大家纷纷赞同。

敖赛花那边可麻烦了，以前就一条水路直通井公子家，现在家家户户有水井，动不动就走错了，一会王大哥院子，一会张大嫂家。后来敖赛花干脆不走了，就住在井公子家井里，晚上在井里睡觉，白天就趴窗户看井公子读书，井公子出去散步，她就跑到厨房做饭。这有点像田螺姑娘，仙女爱上凡人不是个例，尤其是格外有魅力的书生。开始井公子还以为是邻居做的，但左邻右舍问遍，大家都矢口否认，井公子决心一探究竟。某天他假意出门，不出一刻返回家中，看见敖赛花正在厨房忙碌，敖赛花见井公子进来，满脸绯红，面对着心爱之人吐露实情。此刻井公子如在梦境，看着满面娇羞的敖赛花，心中爱恋之情溢于言表。

后来的每天，敖赛花给井公子讲龙宫，井公子给敖赛花讲人世间，二人如胶似漆。此时水晶宫里的老龙王，一连几日不见自己的小女儿，心急如焚，马上派出巡海夜叉四处查探，老龙王听闻敖赛花与凡人相恋，气得胡须乱颤，遂化作赤龙真身顺水路来到井公子家中，要将井公子杀死。这可吓坏了敖赛花，跪在父王面前苦苦哀求，井公子也并未贪生怕死，双膝跪倒表明心意。老龙王见状不忍棒打鸳鸯，应允二人婚事，并赐给井公子一千年道行作为见面礼，同时封二人为井神，即井公、井母，掌管天下大小水井，每年大年初一回东海汇报人间井水相关事务。因此，民间便有初一不挑水的习俗，而初二则要早早地去井里打水，叫做"抢财"。

民间传说中的井神其实有很多，比如北方的水母娘娘，江南的"井泉童子"，还有最著名的柳毅传书等，人们对井的敬重之心显而易见。

扫码收听

(57) 水火不容的父子俩——水神和火神

在中国的传统文化中，有五行相生相克的说法。比如，水与火就是相克的关系，所以人们常说“水火不容”。可是却有这么一对父子俩，偏巧父亲是火神，儿子是水神。

在远古时代，天上有十个太阳把大地烘烤得如焦炭一般，庄稼颗粒无收，民不聊生，哀鸿遍野。后羿受天帝委托，将九个太阳射了下来。这几个太阳或撞上金银山，或沉入汪洋，几经轮回，其中一个投胎转世成为黄帝的儿子祝融。据说，祝融的母亲怀孕时有一天晚上梦见一个又大又红的太阳从天上穿过房顶落入了她的怀里，后来祝融便出生了。

可能因为是太阳的化身，祝融从小就喜欢玩火。那时人们虽然已经会钻木取火，但由于取火不易，所以保存火种就格外重要。黄帝看到儿子对火有很高的天赋，于是就将守护火种的任务派给了他。祝融也是不负期望，每次都能尽可能长时间地保护着火种。有一年连续一个多月一直在不停地下雨，祝融虽然想尽了办法，但火种仍然熄灭了。为了不让大家挨冻受饿，祝融尝试着再次钻木取火。可是持续不断的大雨早就把木头淋透了，受潮的木头怎么可能钻出火星呢！祝融十分气恼，便无意间踢到了一块砖，砖与一石头相撞，迸溅出一丝火花，由此发现了击石取火的方法。从此以后，人们再也不用担心火种保存的问题了，祝融也因为发明了更加便捷实用的击石取火而受到了人们的尊重和爱戴。

相传祝融死后成仙，居住在昆仑山光明宫，有两条火龙为伴，并在宫中专门保存了人类最大的一个火种，以备不时之需。由于他对火做出的巨大贡献，人们把他奉为火神。

祝融成婚后育有一子，取名共工，一头蓝发，人脸蛇身，脾气非常暴躁，乃是东海龙王的儿子投胎转世，擅长玩水，一张嘴，波浪滔天。这父子俩在一起可是太不安生了，本来就同性相斥，再加上一个擅长玩火，一个擅长玩水，遇到矛

【水神和火神】

盾互不相让，动不动就打起来。别家的父子闹别扭无非就是吵架拌嘴，搞得家里或者邻里不得安宁，祝融和共工一吵架，那遭殃的可是普天之下老百姓！

有一天父子俩又闹起了矛盾，祝融驱使着熊熊火焰向共工发起攻击，共工也毫不示弱，操控着滔天巨浪迎战扑面而来的烈火。两个人从家里打到家外，从人间打到天上，又从天上下到地府，打得昏天暗地，地动山摇，就连玉皇大帝的灵霄宝殿和阎王爷的地府都快被拆了！

说到底姜还是老的辣，祝融功力更为深厚，最终大败共工。共工暴怒之下一头撞向了旁边的不周山，只听得一声巨响，山脉崩裂、山石滚落、山体断开，这下可惹了大祸了。要知道这不周山可不是一般的山，而是支撑天地的一根柱子。不周山这一倒，天上顿时就出现了一个大窟窿，天河之水倾盆而下，人间变成了炼狱。女娲不忍生灵涂炭，赶紧炼出五色石将天修补完整。

经此一役，祝融和共工也进行了深刻的反省。两人约定，严格管束好自己，再也不能因为个人原因而给百姓带来灾难了。

58 令人谈之色变的瘟神

扫码收听

在人类文明史上，瘟疫可谓是一种令人谈之色变的灾难。每一次瘟疫肆虐都会导致成千上万的人死亡，尸横遍野，生灵涂炭。根据史料记载，在我国历史上，瘟疫甚至还会导致朝代的更迭。那么，瘟疫到底是如何传播的？是由哪位神仙掌管瘟疫呢？

他就是来自九龙岛的吕岳，是一名炼气士，师从通天教主，武艺高强，精通法术，道行高深，已经练到了大罗仙的高度，所以常常自诩为截教门下第一人。吕岳相貌古怪，长着一头红发，长长的胡须，青面獠牙，三眼圆睁，目露凶光，身穿大红道袍，骑着独角金驼兽，并有三头六臂之神通，手里分别拿着刑天剑、瘟黄剑、瘟癀伞、瘟癀丹等多件法宝，一旦他施展法术，那便是遍地瘟疫。

纣王征伐西歧时，在申公豹的蛊惑下，吕岳来到了西岐战场，协助纣王对战姜子牙。他趁着夜色向西岐城散播瘟疫，百万将士全都染上了瘟疫，哀鸿遍野，幸好杨戬求来解药，才避免了西岐灭城之灾。

后来，吕岳又炼制了一座瘟癀阵，在穿云关将姜子牙引入阵中，并施展二十把瘟癀伞，顿时昏天黑地，漫天瘟疫，整个阵中四处飘散着瘟癀毒，令人窒息。姜子牙被困于阵中，寸步难行，差点当场命丧。危难之际，道德真君派出杨任，并给了他一把五火七禽扇，前往协助姜子牙。这把五火七禽扇由五大火种结合而成，杨任来到瘟癀阵前用扇子一扇，烈焰腾空万丈高，瘟癀伞顿时化为灰烬，漫天乌云尽散，瘟毒尽消。吕岳一看大事不妙，想要逃跑，被杨任追上去连扇数下，也化为了灰烬。

后来，姜子牙斩将封神，轮到吕岳时，不禁感慨："这个人道行颇深，用毒

很厉害，害死了我多少西岐将士啊！封他个什么神位呢？这样吧，就封他为瘟癀昊天大帝，率领瘟部六位正神，掌管人间瘟疫。不过，这个人行事狠毒，得找个人管制他。"于是，为了避免瘟神随心所欲施展瘟疫，释放病毒，姜子牙又特意将瘟神位列雷部之下，受雷部正神闻仲的管束。

随着社会的进步，医学的发展，现在的人们早已经不再迷信什么瘟神了，但是仍然习惯用瘟神来比喻那些带来灾难的人或者事物，仍保留着一些关于瘟神的传统习俗。比如，腊月二十四一定要扫尘，避免来年招瘟神；端午节挂艾草避瘟神等。

(59) 请神容易送神难——穷神

扫码收听

正月初六民间有送穷的习俗，唐朝诗人姚合的《晦日送穷三首》曾写道："年年到此日，沥酒拜街中。万户千门看，无人不送穷。"可见，送穷神这一习俗由来已久。穷神如此受人嫌弃，那他究竟是谁？

传说上古时期，有个部落联盟首领名叫颛顼。这天，颛顼陪妻子在林间散步，被一阵奇香吸引，二人寻香而去。一株娇艳的花在阳光下闪闪发光，颛顼心生喜爱，伸手将花摘下，刚要插在妻子头上，花朵瞬间变成一颗又红又大的果子，十分诱人。颛顼妻子忍不住咬了一口，甜美多汁甚是好吃，随着果子进入腹中，颛顼妻子的身体也发生变化，肚子肉眼可见地隆起。二人急忙赶回部落，还没等叫来大夫，颛顼妻子便诞下一名男婴。

颛顼对这个天赐的儿子疼爱有加，奈何这个孩子却有个癖好，不喜新衣美食，整日蓬头垢面，穿得破破烂烂，就是拿来新衣服也要撕破了再穿。三餐尽是吃糠咽菜，手持一把破扇子，乍一看好像济公穿越了，久而久之大家便叫他"穷子"。正月晦日这天，衣不蔽体、食不果腹的穷子死在街头。颛顼伤心至极，但并没有为儿子举办隆重的葬礼，而是按照穷子生前习惯，一切从简。人们都说穷子非人间之物，纷纷前来送穷子最后一程。就在祭奠之时，一缕青烟从穷子的坟里升出，缓缓飘到天庭。

就在不久前，瑶池举办法会，王母娘娘在仙女的陪伴下早早地梳妆打扮，正要赴会之际，领口的宝珠纽扣掉落，众仙女四处寻找不见踪影。王母只得重新更衣，法会过后王母对丢失的扣子念念不忘，奈何一连找了几天没有结果。王母担心扣子掉落人间，便唤来千里眼。果不出所料，扣子在人间变为灵果，被颛顼妻子吃下后变化作人形诞下，王母即刻施法将扣子召回天庭，后封其为穷神。

因为穷神总是不请自来，还不喜金钱美女、锦衣玉食，实难恭送，民间便有"请神容易送神难"的谚语。作为民间俗神，穷神也有守护穷苦百姓的职责，但误解他的人还是对他十分嫌弃，这才有了初六送穷神的习俗。其实迎财神也好，送穷神也罢，都是人们对幸福生活的期盼。

【穷神】

⑥避之不及——丧门神

扫码收听

"马上端坐一员将，顶盔掼甲真威风。下马身高够丈二，头如麦斗眼似钢铃。生得一张蓝靛脸，络腮的胡子血点红。手使长枪分量重，左跨雕翎又带弓。此人就是张桂芳，商朝节度大元荣。这个小子武艺好，两膀一晃力无穷。"这是评书中张桂芳的开脸，此人不仅是猛将，说其为殷商第一仙人都不为过。那为什么会被封为人神避之不及的丧门神呢，这就要从他的履历说起。

张桂芳乃是商朝青龙关总兵，武功高强，手中一根白杆枪舞得出神入化，有万夫不当之勇。年少时他师从截教仙人学得玄功道术"呼名夺魂术"，也叫"呼名落马术"，这听起来像极了金角大王手中的紫金葫芦，但不同的是紫金葫芦施法需要对应答，而"呼名夺魂术"只需喊出对方姓名，属于单方面执行的升级版本法术。凭借此夺魂秘法，张桂芳战败黄飞虎，生擒周纪、南宫适等将领，逼得姜子牙挂出免战牌。危机之时太乙真人派哪吒来前来助阵，张桂芳顶盔掼甲来到阵前，满脸得意，怎知"呼名夺魂术"竟然失灵无效。原来哪吒乃是莲花化身，没有三魂七魄，自不能被夺魂落马。张桂芳被哪吒打伤左臂败下阵来，一时间气势受挫。姜子牙这边也发现"呼名夺魂术"的漏洞——只能单打，不能群发。两军对战，各为其主，那就别讲什么武德了，群殴吧！于是西岐数十位战将一起出征，将张桂芳团团围住，张桂芳誓死不降，从清晨杀到午时，筋疲力尽的张桂芳眼见大势已去，自尽身亡，堪称悲壮。

张桂芳死后被姜子牙封为丧门神，但因为丧门神喊谁倒霉，所以人人嫌弃并避而远之。再后来，丧门神干脆成了冥界地府神，专司死丧哭泣的凶神，也叫丧门星，总之还是带来晦气的神。天、地、人三界，不管谁看见心里都发颤，唯恐避之不及。想来若是张桂芳早知道结局如此，会不会后悔习得这"呼名夺魂术"。

《丧门神》

⑥ 两大凶星——血光星和吊客星

在中国神话传说中，不但有福星，也有凶神。凶神往往带来的是厄运，所以人们都对他们敬而远之。姜子牙斩将封神的时候也封了很多凶神的名号，如血光星和吊客星，那么这两个人是谁呢？

血光星名叫马忠，是西岐穿云关总兵徐芳的一名副将。因为擅长口吐黑烟，伤了西岐的几员大将，所以被称为神烟将军。后来，跟哪吒交战时，马忠使出法术，口吐黑烟，没想到哪吒不但毫发无伤，反而用法宝九龙神火罩将马忠罩住，法宝中的九条火龙同时喷火，血光崩现，马忠瞬间化为灰烬。后来，马忠被姜子牙封为血光星，倒也是名副其实。

吊客星名叫风林，是西岐青龙总兵张桂芳手下的一名先行官，长得面如蓝靛，白发獠牙，一副凶神恶煞的样子。他手持狼牙棒，拥有口吐红珠的法术。面对对手时，风林会从嘴里吐出一道白烟，这道白烟瞬间化为一张网，里面有一颗红色的珠子，碗口大小，会以迅雷不及掩耳之势飞向对手。凭着这个刁钻的左道法术，风林一度叱咤战场，让姜子牙很是头疼。后来被哪吒破了法术，战斗力大大降低，在对阵黄飞虎的儿子黄天祥时，被一枪刺死。

姜子牙斩将封神时拿到风林的人生履历一看，发现他从小有个喜好，谁家有白事，吹吹打打，他就去凑热闹，于是将其封为吊客星。在中国传统习俗中有这么一个说法，如果去参加葬礼，回来后一定要沐浴更衣，要不就会有厄运沾在身上。估计风林是从小参加的葬礼太多了，回来也不及时清洗，结果沾太多厄运了，这下变成专职的吊客星了，看来有些热闹还真不能随便凑。

血光星和吊客星

(62)宁得罪君子，不得罪小人——勾绞星、卷舌星

扫码收听

一部“封神榜”封出365位正神，负责人间各项事务，有管财运的，有负责婚姻的，还有掌管自然现象的，这些都是受人敬重和喜爱的天神。但有些神，虽在人间也受供奉，却不受人待见。勾绞星、卷舌星就是这样的神。听名字便知，勾心斗角，搬弄是非，究竟是什么样的人能受此敕封？放眼整个殷商，非费仲、尤浑无疑。

费仲、尤浑是纣王身边两位佞臣，早年有太师闻仲压制未能没掀起太大风浪。后来闻仲率领军队前往北海平定叛乱，两人彻底放飞自我，整日像苍蝇般围在纣王身边，不是溜须拍马、阿谀奉承就是煽风点火、挑拨离间，怂恿纣王残害忠良，逼苏护反出朝歌献女，陷害姜皇后，困姬昌于羑城等恶行都是二人杰作。他们一面在纣王面前奴颜婢膝，一面在众臣面前耀武扬威，可谓将两面三刀发挥到了极致，一时间权倾朝野、只手遮天。有这样两颗毒瘤在，焉愁商朝不亡？

不过要说能整治他俩的还得是闻太师。张桂芳讨伐西岐失败，闻仲令鲁雄率五万大军再去征伐，直接点了费仲、尤浑做参军，理由是二人“有随机应变之才，通达时务之变”。但姜子牙冰冻岐山，直接把这二人冻在冰内，此时封神台已建造完成，费仲、尤浑被斩首祭台。

费仲、尤浑作为奸臣“典范”，能力和名声够得上封神标准。天下太大，各项事务皆需人看管，因此根据二人巧舌如簧，阴险狡诈的特点，费仲被封为勾绞星，尤浑被封为卷舌星，他们主管各种小人横事，也负责制造是非，妥妥的负面形象神职，各路神仙遇见他俩都得绕着走，生怕影响自己修为，凡人供奉他们只希望不要惹祸上身。

勾绞星、卷舌星

❻❸ 出奇制胜的狗神

古时科技不发达，人们缺少一定的科学知识，面对一些无法解释的自然现象时，往往充满了敬畏和恐惧，于是就演绎形成了各种神话传说。比如，每当月食时，老人们就会说："天狗吃月亮了。"久而久之就有了民间崇拜的天狗星，也叫狗神。那么，封神榜单上的狗神是哪位呢？

这个人名叫季康，是纣王三山关总兵洪锦手下的一名先行官，能征善战，最重要的是他善用一种十分诡谲的法术，头顶生出一道黑烟，黑烟中暗藏一个狗头，伺机伤人。季康这个法术虽然不是多么高明，但是胜在出其不意，在战场上很有威慑力和战斗力。

季康跟随洪锦攻打西岐时，曾与西岐大将南宫适在阵前交战。两个人打得酣畅淋漓、胜负难分之际，季康的头顶上冒出一道浓浓的黑烟，瞬间将南宫适包围，黑漆漆的烟雾熏得南宫适的眼睛根本无法睁开，什么都看不见。南宫适正晕头转向忙着驱赶黑烟时，一只狗头突然从烟雾中伸出，十分精准地咬住了他的脖子。南宫适大叫一声，当场就跌落马下，败回城中。

后来，季康的领导洪锦被龙吉公主打败，并归降了西岐，季康也跟随他一起加入了伐纣大军。在攻打佳梦关时，季康再次使用黑烟狗头的法术斩杀了守关的大将徐坤，立下了大功。在孟津大战中，商朝大将邬文化夜袭周营，西岐损失惨重，季康也在乱军混战中被杀死了。

之后姜子牙斩将封神，封到季康时，心说："此人跟狗缘分颇深，喜狗爱狗，修炼的法术也与狗有关，不如就封他为狗神吧，护佑天下所有的狗健康、幸福！"

在天文学中，天狗星又叫天狼星，是夜晚最亮的恒星。它之所以这么亮，或许是季康为了能够更好地照看天下的狗，保护它们才特意睁大了眼睛吧！

狗神

㉞哎呀我说命运呀——浮沉神

扫码收听

　　人生如梦，世事无常。有的人平平淡淡度过一生，有的人命运坎坷，大起大落。司掌这命运浮沉的便是浮沉神。

　　浮沉神本名郑椿，出生在商朝一户殷实人家。相传郑椿的母亲郑氏夫人怀孕时，梦见一个巨人在河里按葫芦，几次之后那葫芦果真沉了下去。巨人离去后，郑氏走近水边观看，只见那葫芦浮出水面，径直飞进郑氏肚子里，郑氏醒后腹痛难忍、临盆在即，折腾了整整三日生下郑椿。

　　郑椿长大后习文练武，十六岁投军到商朝军营。尽管郑椿一身武艺，却不被重用。郑椿后来被诬陷弄丢失粮草而遭受军法，虽沉冤得雪，却被安排做火头军，数年后在一次教军场比武中脱颖而出，回归前线兵营，在征讨东夷时立下战功升为副将，本以为得到了命运之神的眷顾，没想到又因延误军机被敌人偷袭险些丧命，几经起落成为渑池县先行官。

　　这日，郑椿正在帐中与主帅张奎议事，军卒来报，说姜子牙已破了万仙阵，西岐大军一路东进，正向渑池方向进发，张奎即刻点兵布防。果不出三日，西岐军队来到城下，先锋军南宫适与渑池副将王佐率先开战，二三十回合过后，王佐被斩于马下。西岐获得开门红，士气大振。姜子牙随即派出黄飞虎到城下叫阵，渑池主帅张奎眉头紧锁，第一阵就损失一员战将，这第二阵至关重要，见此情景郑椿主动请缨。城门打开，郑椿策马来到黄飞虎面前，二人马打盘桓，战在一起，十几个回合下来郑椿占据上风，在黄飞虎面前连点三枪，黄飞虎一个恍惚险些中招，郑椿得意大喊："黄飞虎！你这叛商贼子还不受死！"这句话可激怒了黄飞虎，黄飞虎抖动手中提芦枪，宛如出水蛟龙，枪枪直奔郑椿面门，不出十个回合，黄飞虎一枪将郑椿刺于马下，身首异处。

　　姜子牙封神时念郑椿勇猛，又身世传奇、经历坎坷，便封他为沉浮星，主宰人生命运浮沉之事。其实命运呀，辉煌难得，是非成败过眼烟云，毕竟生活平平淡淡才是真。

【浮沉神】

㊺我这小暴脾气——七杀星君

一听到杀星，人们就觉得没有什么好事，何况还是七杀。确实，这星君性情暴躁，但他本身也是一颗将星，坚毅勇敢，能够冲锋陷阵，有运筹帷幄之能。此星君代表人物就是镇守商朝最后一道屏障，距离朝歌不过百里的渑池县守将张奎。

张奎年少时曾上山学艺，习得地行之术，可遁地而行、健步如飞，日行千里，这比土行孙还多五百里。学成归来便去往朝歌投军，经过渑池县时，正遇渑池总兵高祥之女高兰英设擂台比武招亲，张奎没想娶亲，但对武学很感兴趣，于是站在台下观看，四场擂打下来没有一个人的武艺能入得张奎之眼，索性退出人群，找了个草垛睡起大觉。睡梦正酣，被东西砸醒，紧接着吹吹打打来了好多人，有迎亲的，也有看热闹的，纷纷给张奎道喜，张奎不明所以。原来比武招亲已经进行了三天，没有一人能打过高兰英，总兵高祥急得在营中来回踱步，女儿已经23岁了，比武招亲再嫁不出去岂不让人耻笑。此时高兰英的母亲提出抛绣球招亲，老两口一拍即合，于是高兰英站在擂台上将决定自己命运的绣球抛了出去，台下的人你争我抢，结果绣球从众人手中划过飞到正在草垛上睡觉的张奎身上。张奎开始还不同意，大丈夫要先立业后成家，但当他见到高兰英的一刹那，惊为天人，高兰英面若桃花，英姿飒爽，宛如仙子落凡尘，张奎想看又不敢看，脸涨得通红。高兰英见张奎高大威猛也心生喜爱，二人比武交流，张奎武功更是胜过高兰英一筹。数年后张奎经高祥保举接任渑池县总兵之职，夫妻二人共同镇守城池，堪称西岐将领的噩梦。

姜子牙举兵东征，来到黄河岸边的渑池县，攻下渑池渡过黄河，再冲破孟津关口，朝歌城乃至整个殷商便唾手可得了。但姜子牙万万没想到，在这里他遭到了前所未有的重创。开战还算顺利，西岐连胜两阵，然而当张奎出场时，局面发生了巨大反转，首次出战就斩杀了武王两个弟弟——姬叔明和姬叔生。武王悲痛万分，正在这时崇黑虎到来，表示要主动迎战张奎，姜子牙心里乐开了花。次日崇黑虎、闻聘、崔英、蒋雄、黄飞虎五人一起围攻张奎，面对围剿，张奎催开胯下独角乌烟兽与五人战在一起，手中大刀快如闪电，连诛五将。姜子牙又派出土行孙和邓婵玉，结果都被张奎高兰英夫妇斩杀。最后还是杨戬、杨任、韦护三大悍将联手才将张奎杀死。张奎死后姜子牙念他生前勇猛，敕封他为七杀星君，可谓名副其实。

七杀星君

扫 码 收 听

⑥⑥天罗星和地网星

　　中国很多成语中都蕴含着精彩的神话传说，比如"天罗地网"说的就是两位神仙——天罗星和地网星。在他们的严防死守下，任何坏人坏事都逃不脱。那么，这二位星君是谁呢？

　　天罗星名叫陈桐，是纣王手下负责镇守潼关的一名总兵，他有一个很厉害的法宝叫火龙镖。此镖一旦出手，必定百发百中，直接穿心而过。而且出镖时还带着浓浓的黑烟，遮天蔽日。黄飞虎被纣王所逼，反出朝歌时，路过潼关遇到了陈桐，两人对阵之时，陈桐抬手放出了火龙镖，黑烟滚滚顿时将天空都遮挡住了。黄飞虎在黑烟中迷失了方向，正在奋力驱赶黑烟之际，突然一道寒光直奔心门，当场毙命。后来，黄飞虎的儿子黄天化奉师命下山救父，将黄飞虎复活，并用莫邪宝剑杀死了陈桐。

　　地网星名叫姬叔吉，是周文王的儿子，身份尊贵，非常有智慧，能掐会算，是名占卜高手。无论什么人，他掐指一算，都能给找出来；不管发生了什么事，只要他动动手指头都能说个八九不离十。不过他这个本领属于文战，遇到真刀真枪的武战就没有优势了。所以，后来在一次混战中命丧魔家四将之手。

　　姜子牙斩将封神时，看到陈桐和姬叔吉两个人，心想："这两个人联合起来那可是天罗地网，天上地下尽在掌控中，所向无敌啊！"于是封陈桐为天罗星，封姬叔吉为地网星。

　　在信息时代，天罗星和地网星也与时俱进，配备了卫星和网络等新式武器，这下威力更是无穷了！千万不要心存侥幸，以身试法。要知道天网恢恢，疏而不漏！

67 是孽还是缘——桃花星君

扫码收听

除了月老，天界还有很多掌管姻缘的神仙，桃花星君就是其中之一。"风吹桃林满树花，喜鹊枝头叫喳喳，果园的哥哥走了桃花运，姐妹三人都看上他……"通过这首《桃花运》不难看出，此星颇有异性缘。有人也不禁猜测，司掌这神位的会不会是个风流潇洒的恋爱脑，非也，此星君乃是殷商第一女将高兰英。

高兰英，渑池县守将张奎之妻，面若桃李，肤如凝脂，五官精致好似广寒仙子。能杀惯战，胯下桃花马，手中日月双刀所向披靡。本身也是位修仙者，有左道之术，属截教门下，法宝四十九根太阳神针专击人双目，百发百中。除武艺超群外，高兰英还擅长推算，她曾根据卦象安排张奎诛杀土行孙。正是有她的协助，成就了张奎"七杀斩五岳"的美名，高兰英可以称得上是智勇双全、巾帼不让须眉的女英雄。

然而殷商大势已去，渑池之下西岐的主角光环越发闪耀，西岐大军架起云梯火炮，从四面攻打渑池，张奎和高兰英指挥将领严防死守，姜子牙见久攻不下鸣金收兵。夫妻二人刚松一口气，张奎却中了调虎离山之计，剩下高兰英独自守城，观战之时哪吒脚踏风火轮从天而降，高兰英忙持手中日月刀抵挡，几个回合下来，高兰英深感不敌掏出太阳神针，但哪吒没给高兰英发射的机会，直接扔出乾坤圈，不偏不倚砸在高兰英头上，高兰英跌落马下，哪吒怕高兰英没死，追过去又补刺了一枪，高兰英气绝。

高兰英死后灵魂到了封神台，姜子牙见她面如桃花，敕封她为"桃花星君"，负责掌管姻缘。说到桃花星，人们就会想到桃花运和命犯桃花，但这桃花星也不是随便拜的，搞不好就会变成桃花债、桃花劫。

桃花星君

(68)令人避之不及的扫帚星

扫码收听

说起姜子牙，那真是无人不知，无人不晓。他是武王伐纣的兵马大元帅，推翻商纣王的最大功臣，封神台上斩将封神的负责人……随便一个话题拎出来，那都是脍炙人口，精彩绝伦。可就是这么一个举足轻重的人物，在家庭生活上却是一言难尽。

姜子牙 32 岁拜入阐教门下，师从元始天尊，学习法术，可是修道 40 年也没有取得什么特别大的成效，师父对他的评价也是“仙道难成”。因此 72 岁的姜子牙只能离开昆仑山，自谋生路。

下山后的姜子牙无处可去，就投奔了结拜大哥宋异人，经人介绍与 68 岁的马员外家的马小姐结为了夫妻。本来就时运不济的姜子牙，自从成婚后更是霉运不断，没有一件事顺风顺水。

姜子牙辛辛苦苦编好了笊篱去市场上售卖，结果一个都没卖出去；去市场卖面，一阵大风刮过，面粉撒了一地；想开个卖酒的小店，原来生意兴隆的店面，他一接手就无人上门……

一来二去，不但没赚到钱还赔了不少，个性泼辣的马氏恨铁不成钢，天天与姜子牙吵架，刻薄地指责他、咒骂他。时间久了，马氏就起了分手的念头。姜子牙百般挽留，无奈马氏去意已决，姜子牙只好写了一封休书给她。

神奇的是，自从姜子牙跟马氏分开后，就时来运转，好运不断。先是遇到了伯乐西伯侯姬昌，被奉为上师，后来又辅佐武王伐纣，打入朝歌城，成为周朝居功至伟的功臣。

马氏听说姜子牙的事情后，想到自己当初的所作所为，既悔恨，又羞愧，最后自缢身亡。马氏死后，阴魂不散地追着姜子牙来到了封神台。姜子牙封神的时候，一眼看到马氏也在这里，想到两人的过往和自己的境遇，索性将她封为扫帚星。

在中国的民间传说中，扫帚星主扫除，被看作不吉利的象征，一向有扫帚星面世，必有天灾或者战祸的说法。如果女子命犯扫帚星，那给丈夫带来的就会是一连串的霉运，就像马氏这样。"男娶铁扫帚，家败子不兴"就是这个意思。所以说，大家都对扫帚星避之不及，唯恐受到影响。

【扫帚星】

扫码收听

(69) 万万没想到——阴错星、阳差星

有个词叫“阴错阳差”，常比喻由于偶然因素而造成的差错，也形容一些特殊机遇，就是这样的“万万没想到”也有神祇来司掌，还是两位——阴错星和阳差星。

阴错星本名金成，自幼习得枪法，听闻文王贤德，便想去西岐投军，怎知走错路，稀里糊涂被征入殷商大营，机缘巧合下又成为北伯侯崇侯虎帐下部将。话说文王姬昌亲率十万大军征伐崇城，然而此时崇侯虎却在朝歌，金成本应一同前往，却因事错过行程留守城中。姜子牙来到城下叫阵，崇侯虎之子崇应彪带领人马出营对战，第一阵就输给了西岐。次日派出陈继贞又败下风，情急之下派出金成、梅德助阵，姜子牙一看商军不讲武德三打一，直接命手下六名部将齐上阵，双方战在一起，鼓角齐鸣，西岐部将越战越勇，混战之中金成被西岐将官斩于马下当场身亡。

再说这阳差星，本名马成龙，善用双刀，是楚州的解粮官。这一日马成龙押送粮草至西岐，正要进城被战事阻挡，原来是魔家四将正在围攻杨戬，马成龙挥刀纵马杀入战圈。老四魔礼寿见前来助阵之人非常勇猛，便祭出花狐貂，马成龙以为对方掏出个耗子，摆开双刀就砍，怎料那花狐貂在半空中忽然变得如同白象大小，张开血盆大口将马成龙撕成两半，可怜的马成龙就此丧命。

金成和马成龙死后灵魂被清福神柏鉴引入封神台，姜子牙掐指一算他二人生平，是勇猛的一生、祸福相依的一生、走错路的一生，就封了个阴错阳差星；又掐指一算，天庭这编制还有空缺，于是将二人分别敕封，金成被封为阴错星，马成龙被封为阳差星。

如果你发现自己经常阴错阳差出现各种问题，那可能是金成和马成龙这两位大神来了。

【阴错星、阳差星】

(70)此猴非彼猴——废物神

扫码收听

无用的东西被称为废物，但这废物居然也有专职的神来管，这便是四废星，俗称废物神。说起这位星君，颇有些来历。

四废星本名袁洪，乃是得道千年的通臂白猿，梅山七怪之首。精通八九玄功，可随心变化，炼就金刚不坏之身，手持一根镔铁棍虎虎生威，武艺高强智谋过人，这和孙悟空有几分相似，但此猴非彼猴。话说袁洪揭下招贤榜被纣王封为元帅，率领二十万大军驻扎孟津阻截诸侯联军。两兵交战，袁洪一人单挑雷震子、韦护，以元神出窍妙法打死杨任，哪吒的九龙神火罩也拿他没办法。一只猴子把周营将士折腾得疲惫不堪，好不容易挨到晚上鸣金收兵。谁料想袁洪居然又带着巨人邬文化偷袭，一根排扒木将周营搅得人仰马翻，杀死周军二十余万人，三十四员将领不幸殒命，这是姜子牙自出征以来损失最为惨重的一次。

姜子牙派出杨戬对战，杨戬与袁洪二人武力值不相上下，都会八九玄功，铜头铁骨，七十二变，一会儿变成鱼一会儿变成鹤，从天上打到地上不分胜负。此时的杨戬还不知道，几百年后，还有一只猴子比袁洪更难缠，那就是孙悟空，当然，这是后话。正当杨戬无奈之计，女娲娘娘前来相助，女娲娘娘拿出法宝“山河社稷图”，将袁洪引入其中。只见图内山清水秀，花果遍地，馨香扑鼻，一株桃树映入眼帘。袁洪一见桃子垂涎欲滴，扔下手中镔铁棍几步爬上树，摘下桃子大快朵颐，一时陶醉竟现了原形。杨戬看准时机用缚妖索将其擒住，回到营中欲将其斩杀。可一刀下去猴头落地，脖子长出莲花，莲花又变成猴头，连砍数刀皆是如此。最后姜子牙取出陆压道人所赠的斩仙飞刀红葫芦才将袁洪杀死。

姜子牙封神时将袁洪封为四废星君，即无补天之才，无济世之才，无为人之才，无修道之才。袁洪杀戮过重，封个煞星也不算委屈。世人常拿袁洪与孙悟空比较，但还是那句话：“此猴非彼猴。”

71 响亮但不够文雅——菜板子神

成语"人为刀俎我为鱼肉"中的刀俎，指的是刀和砧板，砧板俗称菜板，但凡居家过日子都少不了它，"舌尖上的中国"美食众多，天下的菜板子更不尽其数，重要性可想而知。当然，也没听说哪个菜板子成精的，但是，却有个菜板子神，显然这个名字响亮但不够文雅，他还有个文雅但不够响亮的名字——刀砧星。

刀砧星原名常昊，乃封神大战中梅山七怪之一，为白色蟒蛇所化，但论法力他可不敌白素贞，人品就更不用说了。他擅长用毒气制敌，手中一杆丈八蛇矛枪也有几番勇力。

话说武王伐纣势如破竹，纣王派常昊为先锋官在孟津抵御诸侯联军。常昊率先对阵右伯姚庶良，只见姚庶良手中战斧旋转如飞，打得常昊节节败退，常昊见战他不过纵马卷起黑风，姚庶良惊愕之际被常昊一口毒烟迷倒削去首级。首战告捷，常昊得意而归。接下来商军战联军几战几胜，姜子牙头疼不已之际，也看出对方将领都不是正常人类，分明是一群妖怪，可到底是什么妖怪又不得而知。于是杨戬去往终南山向师伯云中子借来照妖鉴，常昊立刻被照得现出真身。杨戬施展八九玄功变成巨大蜈蚣，飞到白蟒蛇上空将其斩成两段，两段蟒身在地上不停翻腾，杨戬落回地面将其连砍数段。要说常昊这生命力也十分顽强，被切成数段还在不断挣扎，杨戬见状，直接祭出五雷决将常昊击得灰飞烟灭。

常昊死后被姜子牙封为刀砧星，估计是姜子牙在一旁观战的时候看杨戬的动作像极了切菜，这神封得多少有点草率。

【菜板子神】

扫码收听

(72)不一定是坏事——破碎星

世人常祈求圆满，其对应的破碎常令人不喜，但有时，破碎也是一种归宿，一种美，甚至也是一种圆满。司掌天下破碎之事的便是破碎星君。

破碎星君名曰吴龙，本体是得道千年的蜈蚣，封神大战中梅山七怪之一，有召唤黑云释放毒烟之能。话说八百诸侯会孟津，吴龙与常昊同为商军先锋，阵前常昊率先出场斩杀右伯侯姚庶良抢了头功，吴龙不甘示弱，催马迎战兖州伯彭祖寿，二人打了十几个回合吴龙佯装败阵后退，彭祖寿随即追赶，眼看要被追上，吴龙突然现出蜈蚣原型，这可把彭祖寿吓得不轻，紧接着狂风卷着黑云袭来，将彭祖寿罩住，彭祖寿瞬间被迷得不省人事，吴龙举双刀将彭祖寿斩杀。哪吒见状蹬开风火轮火尖枪直逼吴龙，吴龙见势不好调转马头奔逃，哪吒祭起九龙神火罩将吴龙罩在其中，可当打开火罩却空空如也，吴龙早已化作一道青光飞走。

西岐一阵败，阵阵败，姜子牙急得如同热锅上的蚂蚁，关键时刻还得靠杨戬。杨戬找到师伯借来照妖鉴，化作飞天蜈蚣斩死常昊，诸侯联军的气势马上得到提升。常昊一死，吴龙乱了阵脚，杨戬再次取出照妖鉴，吴龙现出蜈蚣原型，所谓一物降一物，知道是什么精怪就好办了。杨戬施展七十二变，化作一只巨大的五彩公鸡，打着鸣向吴龙奔去，吴龙大惊失色，混身不停地颤抖，哆哆嗦嗦喷出黑云毒雾，雄鸡展开双翅飞入黑雾之中，一口叼住蜈蚣狠狠摔在地上啄成数节。

吴龙死后灵魂被柏鉴引入封神台，姜子牙想起吴龙那断成数节的本体，手捻胡须思索片刻，敕封他为破碎星君。所以，我们一定要保持情绪稳定，万不可一生气就摔盆子摔碗，那势必引来破碎星君，到时破碎的很有可能就不只是物品了。当然这位星君有时也行好事，比如破财免灾等，所以事情总是多面的、辩证的，神仙亦然。

【破碎星】

(73) 太监的封神之路——孤寡神

扫码收听

有的老年人儿孙满堂，承欢膝下；有的老年人却晚景凄凉，孤独终老。司掌这孤寡的神灵便是寡宿星，也称孤寡神。孤寡神本名朱升，是摘星楼里一名宦官，朱升见证了这座商朝最高建筑的辉煌与没落。

牧野之战后，武王姬发和丞相姜子牙率领大军浩浩荡荡攻入朝歌城，纣王见大势已去，独自来到摘星楼，呼唤侍从宫女，喊了几声不见有人应答，过了许久朱升慌忙跑来。

纣王问道："人都去哪了？"

朱升回复："回禀大王，他们都走了。"

"都走了……都走吧……去，取些柴火来。"

"大王，你这是何意？"

"孤悔不该听信谗言！如今叛军已至，无力回天。孤身为天子之尊，岂能被那群小人所获，不如与这楼一并火焚了……"

"大王，大王万万不可呀！奴才服侍大王多年，蒙豢养之恩，粉骨难报，怎敢举火焚君。" 朱升痛哭流涕。

"天要亡我，非你之罪。"纣王摆摆手。

"大王，三思呀！请大王另寻良策。"朱升跪在地上不住地磕头。

"速去！难道要抗旨不遵吗？"纣王厉色道。

"大王……"朱升缓缓站起身来。

"快！"纣王大喊着。

朱升哭着跑下楼，按照纣王的旨意去寻柴火，纣王独自一人在楼上换好朝服，端坐在楼中，只等着那一刻的到来。朱升堆好干柴，冲着纣王痛哭叩首，将干柴点燃，火势迅速蔓延。

朱升望着熊熊燃烧的烈火大喊："大王，奴才愿追随您去，以报圣恩！"说完，朱升投入火海。

大火足足烧了三天三夜，结束了商朝 600 余年的国祚。武王建立周朝，姜子牙封神时念朱升忠诚效君，让清福神柏鉴将其引入封神台，城隍土地呈上朱升生平，只见里面所记载，朱升儿时顽劣，年少离家入宫，未能恪守孝道。姜子牙思索一番，将朱升封为寡宿星，即孤寡神。朱升也是封神榜中唯一一个被封神的太监。

【孤寡神】

74 化敌为友的黄金搭档——哼哈二将

扫码收听

在很多寺庙的山门前，人们常常能见到两个神将分立左右，体魄雄伟，头戴金冠，赤裸上半身，手持金刚杵，一副凶神恶煞、怒气冲冲的样子，活像一对双胞胎。不同的是一个张着大嘴，另一个则紧闭嘴巴，鼻孔鼓起，这就是家喻户晓的哼哈二将。别看他们如亲兄弟一般形影不离，当初那可是战场上兵戎相见的死对头！

哼哈二将的哼，名叫郑伦，师从度厄真人，曾为纣王效力，后弃暗投明成为西岐的一员大将。郑伦手持降魔杵，骑的是火眼金睛兽，最厉害的法术就是"哼"术。只要他用鼻子一哼，鼻孔中马上就会射出两道白光。被哼术击中的人就会魂魄尽散，从马上掉下来。然后，郑伦的手下就会用钩子和套索等工具把落马之人擒住。

哼哈二将的哈，名叫陈奇，是纣王手下的一员大将。陈奇拿的是荡魔杵，坐骑也是火眼金睛兽。他的绝招是"哈"术。只要他用嘴一哈，就会喷出一道黄气。被哈术击中的人也会散去魂魄，跌落马下。同样，跟随陈奇的士兵也用套索和钩子抓住掉下马的敌人。

有一天，郑伦和陈奇就在战场上相遇了，两人纷纷暗自惊奇："对面这人怎么跟我这么像呢！"不但他们俩感到奇怪，双方的士兵也觉得诡异，怎么大家都拿着差不多的钩子和套索？打斗起来，就更奇怪了。只听郑伦"哼"的一声，两道白光直奔陈奇而去，陈奇也"哈"的一声，一道黄光飞向郑伦。随着一阵哼哈哼哈之声响彻阵前，郑伦和陈奇同时从火眼金睛兽身上跌落下来。两边的士兵手忙脚乱地赶紧用钩子和套索把自己的主将救了回来。观战的众位仙人一时间忍不住笑得前仰后合。这两位可真是冤家路窄、棋逢对手啊，奋战多时，不分胜负。

在之后的伐纣大战中，郑伦被纣王的大将水牛怪金大升斩杀，而陈奇也被黄飞虎一枪刺死。

【哼哈二将】

大战结束，姜子牙封神时想到郑伦和陈奇，不禁琢磨道："这两位可真是太像了，不但法器大同小异，就连法术也是异曲同工，不如让他俩组个搭档吧！就封他们为'哼哈二将'，镇守山门，守护寺庙，保护法宝！"

从此，寺庙门前就有了哼哈二将。郑伦和陈奇工作起来兢兢业业，全年无休，全天候在岗。两人站在门口，摆出一副威猛凶恶的样子，眼睛瞪着每一个进入寺庙的人。心怀不轨的人一见到他们就发怵，再也不敢顶风作案。老百姓觉得这两位神仙真是看家护院的高手，于是把他们请回家，在自家大门口也贴上了哼哈二将的画像。两位昔日的对手就此化敌为友，结成黄金搭档，共同守护人间太平。

扫码收听

⑦⑤一个夜叉引发的血案——大祸星

有句俗语叫"人在家中坐，祸从天上来"。为什么是从天上来的呢？因为天上有个祸事头，专司人间大祸之事，这星君的来历与人们熟悉的神话传说"哪吒闹海"息息相关。

陈塘关总兵李靖有个三儿子名叫哪吒，此子十分顽皮，平时除了他爹谁也管不了。因为东伯侯姜文焕造反，李靖忙于军务无暇管教儿子，哪吒便度过了一段无拘无束的童年时光。这天哪吒玩累了跑到九湾河洗澡，并拿混天绫当搓澡巾，那混天绫乃是乾元山金光洞里的镇洞之宝，为太乙真人所赐，有搅动风云之能。所以这一搓不要紧，河水被映得通红，九湾河又是入海口，霎时间搅得东海波浪滔天，鱼虾贝蟹东倒西歪，水晶宫里乱作一团，龙王敖广赶紧派出巡海夜叉前去查看。

巡海夜叉名叫李艮，本是天庭正神，深受玉帝赏识，亲笔御封天王殿差官，在东海属于下基层锻炼。东海这一震动差点让龙王从宝座上掉下来，李艮接到龙王指令，二话不说带上兵器分水上岸。来到九湾河，只见一个穿肚兜的小男孩正在河里挥舞着红绸子，玩得正欢。

李艮例行公事上前询问："你是谁家孩子，在此搅动东海？"

哪吒见有人问话，上下打量李艮一番，回答差点把李艮气吐血："你是哪里来的畜生？竟然还会说话？"

李艮相貌丑陋，蓝靛脸朱砂色的头发，巨口獠牙。俗话说打人不打脸，骂人不揭短，哪吒这话不仅伤害性很大，侮辱性还极强。想那李艮好歹也是天庭正神，哪里受得这种气，摆开双斧亮出身份："我乃巡海夜叉，你这小儿怎么能骂我是畜生？"说罢举起斧子向哪吒劈去。

哪吒毫不畏惧，上前迎战。李艮几板斧下去还真占了上风，嘴里大叫着要将哪吒抓回东海问罪。哪吒举起乾坤圈向李艮脑袋砸去，李艮顿霎时脑浆迸裂倒在

《大祸星》

岸边。要说李艮死的多少有点冤，但更冤的还有龙王三太子敖丙。李艮离开水晶宫后，东海的震动并没有停止，反而愈加强烈。敖丙又听闻虾兵蟹将来报说巡海夜叉被一个孩子给打死了，便立刻调遣龙兵，骑着避水兽亲自出征。结果和李艮一样，被哪吒的乾坤圈打死，并被抽去龙筋……

水晶宫里的老龙王敖广知道岸上发生的一切悲愤交加，老泪纵横，特派员死了，如何向天庭交代？儿子还被扒皮抽筋了，这可都是天庭封的正神！此仇非报不可！于是化身秀才找到李靖兴师问罪。李靖刚操练军卒回来，对敖广的指控感到一头雾水。可看到哪吒手里的龙筋顿时愣住。敖广撂下狠话，要将他们父子告上天庭，说完拂袖而去。结果敖广在南天门被贴着隐身符的哪吒暴打一顿，并被剥下了四五十片龙鳞。

李靖又惊又气，急忙向敖广赔罪。但敖广没有就此作罢，而是找来敖顺、敖吉、敖明。四海龙王一起上天庭状告李靖全家，随即来到陈塘关抓人，此时哪吒才意识到自己闯下大祸，为保全父母，他削骨剃肉，自刎而亡。

这真是一个夜叉引发的血案。李艮要是不死，敖丙不会被杀，敖广也不会挨揍，李靖一家也不会被治罪，哪吒也不会自杀。因此姜子牙在封神时，将李艮封为大祸星君。所谓"大祸临头"那就李艮这个祸事头。

76 姜子牙的死对头——分水将军申公豹

扫码收听

作为封神榜的核心人物，姜子牙有着极高的地位和威望，然而有一个神仙却时不时地跳出来挑衅姜子牙的权威，不管姜子牙做什么，这个神仙都来捣乱，他就是申公豹。

说起申公豹，跟姜子牙的渊源颇深，两人曾共同拜元始天尊为师。申公豹法力精深，手持拂尘，怀抱法宝紫金百宝葫芦，坐下一头白额猛虎，走到哪里都是悠然自得、威风凛凛，赫然一副世外高人的模样，实际上内心却狂妄自大、心胸狭窄。

虽然从名分上说，姜子牙是师兄，申公豹是师弟，但是从修为上说，申公豹属于大罗仙级别的人，道行远胜于姜子牙。因此嫉妒心强、自视甚高的申公豹压根就看不起姜子牙，对他不屑一顾。然而，没想到师父元始天尊不但更器重姜子牙，而且还对其委以封神重任，这下申公豹更是羡慕嫉妒恨了。

申公豹因违反门规被逐出师门后，为了证明自己的能力，索性转拜通天教主为师，直接站在了姜子牙的对立面，助纣为虐，之后成为封神榜中赫赫有名的大反派。申公豹能说会道、善于蛊惑人心、搬弄是非，为了跟姜子牙作对，他走遍五湖四海、三山五岳，四处游说能人异士下山加入商朝大军，给武王的伐纣大业制造了巨大的困难和障碍。申公豹还一直伺机而动，试图杀害姜子牙，抢夺封神榜。最终，元始天尊亲自出面才将他制服，并让他立下毒誓，不可再跟姜子牙捣乱。

俗话说"江山易改，本性难移"，面对前途无量的姜子牙，自命不凡的申公豹怎么能管住自己那颗躁动的心呢？最终总是捣乱的申公豹被罚去镇守东海眼，负责看管东西南北四海，不让它们肆意涨潮，掀起狂风巨浪，危害人间。

【分水将军申公豹】

　　除了镇守东海眼，姜子牙还封申公豹为东海分水将军，负责"朝观日出，暮转天河，夏散冬凝，周而复始"。什么意思呢？就是每当天快要亮的时候，申公豹要赶紧叫醒太阳神徐盖，让他把太阳及时推出去；等到夜幕降临时，申公豹要提醒月亮神抓紧时间上班。就这样，在申公豹的提醒和监督下，太阳和月亮按照既定的轨道和规律，按部就班地上下班。

　　按说申公豹这份工作可不轻松，起早贪黑，周而复始，循环往复。可是，申公豹还念念不忘自己的死对头——姜子牙。在这样繁忙的工作之余，他还要抽空去给姜子牙捣乱、争吵，甚至是打得不可开交，搞得姜子牙不胜其烦。

　　正是基于申公豹种种行迹，后世人们衍生出了很多歇后语，比如"申公豹的嘴——搬弄是非""申公豹下山——不干好事"等。每当事情进行得十分顺利，眼看就要取得成功时，如果突然冒出来一个捣乱的人，人们就会说，此人是申公豹附体了。看看你的周围是不是也有这样的人呢？赶紧离他远点吧！

(77) 王朝的掘墓者——冰消瓦解神

扫码收听

在民间，农历九月二十六被称为“冰消瓦解日”，意为土崩瓦解，分崩离析，并非吉日，尤其是给房子上梁的时候，都会避开这一天，虽不是迷信，但也想讨个好彩头，毕竟谁都不愿意自己盖的新房倒塌。而在古代将军眼里，这一天却是出兵的好日子，他们相信有冰消瓦解神的加持，定能大破敌军。冰消瓦解神的来历也要从一场战争说起。

商纣王手下有名重臣名为恶来，相传祖上曾帮大禹治水而有功，恶来虽为文官却精通韬略，智谋过人。这一日，八百诸侯会孟津剑锋直指朝歌，危难之际，偌大的商朝竟无人可派，正当纣王一筹莫展之时，一人主动请缨，此人头戴鹅冠，面色微黄，白袍迎风，手托竹简，正是恶来。纣王激动万分，命恶来文官挂武衔即刻率兵出征迎战。两军阵前，恶来从容镇定，指挥大军眼看要杀到武王战车前，奈何大厦将倾，非一木可支，一支飞箭射来正中恶来咽喉，恶来战死疆场，尸体倒在冰河之上，鲜血汩汩地涌出，蔓延在冰面上似山谷里盛开的玫瑰。这时，奇怪的事情发生了，恶来鲜血所流过地方的冰雪开始融化，冰面发出响声，随即冰面开始断裂。武王见此状大喜，这冰雪消融正代表着殷商覆灭，联军士气大振，一举攻破朝歌。

战后姜子牙受命封神，恶来魂灵来到封神台，姜子牙念其忠勇，又因战死后鲜血融化冰河，姜子牙将其封为冰消瓦解之神，意为凡遇此神一切烟消云散，冰消瓦解。

然而故事远远没有结束，数百年后发生惊天反转。武王登基建立大周，恶来的第五世孙非子，因为特别会养马，周天子把秦邑赐予他作为封地，非子成为秦国的开国君主。公元前 247 年，恶来三十五世孙，年仅 13 岁的嬴政继承秦国王位，后来的故事我们都知道了。

所以不要以为冰消瓦解神只是负责融化冰雪的自然神祇，他瓦解的是王朝社稷，消散的是江山气数。

冰消瓦解神

78 无头战神——刑天

上古时期有位巨人，敢和黄帝争位，死后封神，受到万世敬仰，他就是鼎鼎大名的战神刑天。

传说刑天本是蚩尤手下一名战将，勇猛异常，南征北战、开疆扩土，后来驻守南方，本以为可以安居乐业，奈何战火又起，黄帝与蚩尤大战，最后以蚩尤被杀而告终。蚩尤统领的部落叫九黎，因此称作黎民，黄帝则整合了多个部落，氏族有百姓，黄帝统一中原后便有了"黎民百姓"这一词。言归正传，蚩尤战死的消息很快传到南方，刑天闻讯悲愤交加，一怒之下，手持战斧、单枪匹马冲上天庭，誓要与黄帝决一死战。

天庭众神看有人闯入，纷纷出来阻挡，奈何刑天战斗力爆表，众神与他交战非死即伤，黄帝见状勃然大怒，拔出长剑与刑天战在一起，云端内兵器相碰，战斧似流星剑气似长虹，从南天门打到西天门，从天界打到人间，从虚空打到常羊山。二人交战至山顶刚刚站稳，黄帝趁刑天不备，挥剑就斩，刑天招架不及，头颅被一剑斩落。黄帝松了一口气转身刚要走，突然间无头的刑天暴怒，双手舞动，身体也随之发生变化，他的双乳变成了眼睛，肚脐变成了嘴巴，嚎叫着再次向黄帝发起攻击。黄帝一看这是没完了，便开始一边打一边苦口婆心地劝说，但刑天油盐不进，复仇的执念已冲昏头脑。剑斧相交火光似电，急坏了天庭众神，眼下中原刚刚统一，若黄帝出现意外，岂不又要天下大乱，于是合力布阵施法将刑天封印活捉，刑天虽动弹不得但仍继续怒骂着要与黄帝决战，黄帝本不想斩尽杀绝，奈何阵法已开，覆水难收，霎时间常羊山一分为二将刑天掩埋。

一切又恢复了平静，黄帝开始大力发展生产，坚持以德治国。人们在黄帝的带领下播种百谷，造车造船，造字养蚕，华夏大地一片欣欣向荣。黄帝偶尔还会想起与刑天那场惊天动地的大战，不由得赞叹刑天的悍勇，敬畏之情油然而生，

为纪念刑天永不妥协、战斗到底的精神，黄帝封刑天为战神。晋朝诗人陶渊明也曾写下"刑天舞干戚，猛志固常在"的诗句来赞颂刑天的这种不屈的精神。

(79) 法力无边——东北五仙

扫码收听

话说上古时期，混沌初开，长白山中的狐狸、黄鼠狼、蛇、刺猬、老鼠等一些具有灵性的动物，因每日吸收天地日月精华修炼成精，有的一心向善乐于助人，有的妖性未除祸害百姓，这可惊动了玉帝，马上派出雷神要将这些精怪全部消灭。雷神领命来到长白山，一道炸雷下来，打得精怪们四散奔逃，此时一位白衣飘飘男子来到雷神面前，施了一礼，自称是长白山狐仙，恳求雷神手下留情，饶了长白山众生灵。雷神也不想大开杀戒，但圣命难违，狐仙又说，上天有好生之德，如果饶过他们，愿意从此存善念修正道。雷神闻言觉得有道理，便收兵返回天庭上报玉帝，玉帝思索片刻表示认同，并封狐仙为长白山众精怪之首，带领长白山众精怪潜心修炼，躬行正道，这也算因祸得福。

文王鼓一响，东北五仙闪亮登场。第一位就是胡仙，即狐狸，东北人尊称这位大仙为胡三太爷。这个叫法，源于清朝。话说康熙帝到东北巡查，不幸感染风寒，一病不起，随行的御医束手无策。这天晚上康熙帝做了一个梦，梦见一位古道仙风的道长来给自己看病，自称是“长白山胡三太爷”，次日康熙醒了，果然神清气爽，身体恢复如初。康熙返回京城后，感念胡三太爷救驾有功，下圣旨封了胡三太爷，还赐了黄马褂，建庙塑像供养，从此胡三太爷声名鹊起。有胡三太爷，也有胡三太奶，那是他老伴。

第二位就是黄仙，学名黄鼬，民间俗称黄鼠狼，东北人叫“黄皮子”，这位大仙最出名的灵异举动是“讨封”。传说有一定修为的黄皮子见到人后就会直立作揖，问：“您瞧我像人吗？”若对方说像，它就能化出人形，也就是得道了，还会给对方一定的护佑。但若说不像，就是讨封失败，失去了成人的机会，它便

【东北五仙】

会记恨在心，很有可能伺机报复，据说黄仙是五仙中最记仇的一个。

第三位是白仙，即刺猬。也是唯一一个以女像现身的仙家。民间传说有个会巫术的白老太太，悬壶济世，治病救人，就是刺猬所化，此外白仙还是位招财的仙家，有着财富和吉祥的意义。

第四位是柳仙，即蛇仙。根据体型大小又分为常（长）仙和蟒仙。说起这位仙家，第一个想到的就是白素贞，还有人首蛇身的伏羲和女娲，由此可见蛇在中国传统文化中的独特地位。相传柳仙在五仙中战斗力最强，可保家镇宅。

第五位是灰仙，即老鼠。老鼠繁殖能力极强，遍布各地，这就使得灰仙的消息最为灵通，天下大事了如指掌。因经常出现在粮仓，所以灰仙也常与财富相连。

东北五仙法力无边，各有所长，人们愿意相信对它们进行供奉祭拜，就会保护家人平安，这也是最朴实的人与自然和谐相处的具体表现。

80 捉鬼大师——门神

扫码收听

在中国的传统习俗中，每年除夕吃年夜饭前，家家户户都会贴门神。其中，最古老也是最受欢迎的门神是神荼、郁垒。通常神荼贴在左边门上，威严神武，一身斑斓战甲，手里拿着金色战戟；郁垒则贴在右边门上，身着黑色战袍，一副悠然自得的样子，一只手抚摸着身边的那头巨大的金睛白虎。他的手里虽然没有拿任何兵器，但却十分具有威慑力。那么，他们是怎么成为天选之门神的呢？

传说神荼、郁垒是上古时期黄帝手下的两员大将，骁勇善战，在黄帝与蚩尤大战中立下了赫赫战功。后来，黄帝打败蚩尤，并将其斩杀，原来蚩尤统治下的九黎部落的黎民与黄帝部落的百姓合二为一，统称为黎民百姓，由黄帝统一管理，自此就有了华夏民族。

黄帝死后进入天庭当领导的时候，不舍得失去神荼和郁垒这两个得力干将，就把他们也带上了天。"给他俩安排个什么差事好呢？"黄帝思来想去就想到了东方的度朔山。在那座山上有一棵非常大的桃树，枝干伸展出去足足有3000多里。树的东北方向有一道鬼门，直通地狱。

每当夜幕降临，恶鬼们就会从鬼门里出来去往人间。有的进入亲人的梦里，和亲人团聚，有的则四处游玩，不过它们必须赶在天亮前穿过鬼门重新回到地府中。但有些鬼贪恋美食美景，赖在人间不肯回去，到处作恶，为害四方，人们是苦不堪言、怨声载道，天界对此也是头疼万分。

"神荼、郁垒历经百战，杀敌无数，一身凛然正气，肯定能震慑住恶鬼，不如就让他俩镇守鬼门，统领和管理这帮妖魔鬼怪。"想到这里，黄帝就将神荼、郁垒派到了度朔山镇守鬼门。刚开始也有小鬼不信邪不服气，故意不按时回来或者在人间干坏事，可万万没想到这份差事就仿佛是给神荼、郁垒量身定做的一样，二人捉起鬼来又快又准，仿佛自带天眼系统一样，只要小鬼一作恶或者天亮没见到踪影，两个人立刻就能精准定位，迅速捕获。

【门神】

抓回来的小鬼们直接被打入十八层地狱，或者被喂了金睛白虎。这一系列操作可真是杀伐果断、干净利落、雷厉风行，把群鬼制得服服帖帖，见到神荼、郁垒就心惊胆战、瑟瑟发抖，唯恐有什么小辫子被他俩抓住了。

老百姓们一看，这可真是天降福将啊，一方面为了感谢神荼、郁垒为人间守住了鬼门，另一方面也是希望借助其神威保护家中平安，驱魔辟邪，于是就把神荼、郁垒的画像贴在大门上。偶尔有几只不安分的小鬼在人间游荡，远远地见到门上挂着两人的画像，立刻就吓得魂飞魄散、逃之夭夭了。

神荼、郁垒画像被贴上大门算是开创了门神的先河，随着岁月更迭，门神的形象也在不断地演变，有宗教中的护法神，如法力无边的钟馗；有象征"文武双全"的关公和文昌帝君；有现实的武将，如大名鼎鼎的秦琼和尉迟恭；还有专事祈福的财神、福禄寿星、和合二仙等都纷纷加入到门神队伍中，形式也不再为单一的画像门神，还有对联门神、雕塑门神等。这些门神各具特色，其作用都是驱邪镇宅，保平安送吉祥。门神从古流传至今，已超越了信仰范畴，成为一种独特的文化符号。

不过贴门神也是有讲究的，必须得等家里人都到齐了再贴，这样门神就知道一共需要保护几个人了。另外，如果家中有供奉的先人，想要跟先人团聚的，还得等先人到齐了再贴，不然就被门神挡住进不了门喽！

81 司法始祖——狱神

扫码收听

割鼻、断足、刺字……仅听到这些刑罚，就会让人不寒而栗。然而制定这些刑罚的人在中国历史上却有着极高的声望，深受人们的尊重，并且与尧、舜、禹一起被尊为"上古四圣"，并被誉为狱神。他就是生活在尧时代、掌管刑狱的大法官，名叫皋陶。

传说皋陶长相奇特，肤色青绿，嘴巴前凸，活脱脱一副马的样子。在中国的传统文化中，马是充满灵性的动物，有情有义，像君子一样值得尊敬。或许就是因为这个原因，皋陶经过历代传颂，被塑造成了马的形象。

皋陶为人正直，断案如神。在任期间从没有出现过一起冤假错案，非常受人尊重。上古时代，社会动荡不安，部落间纷争不断，部落内部矛盾重重，甚至犯罪事件层出不穷。在此情况下，皋陶深知仅凭德行良知来维护社会治安不太可行，必须得有严格的惩罚措施，让人不敢犯罪。

不得不说在那个年代，皋陶的这种想法是十分超前的，也算是中国司法史上的先锋人士。于是皋陶制定了"五刑之法"，创立了中国历史上第一部《狱典》，还发明了监狱。在皋陶的努力下，社会面貌焕然一新，逐渐变得安宁有序，人们的生活也日益和谐美好。皋陶的一系列做法和思想对后世产生了深远的影响。

为了表达对皋陶的敬畏和崇拜，同时也希望借助皋陶的力量惩恶扬善，维护正义，古代劳动人民围绕皋陶创作出了很多神话故事。比如，古代监狱的大门上常常刻着一种神兽，双目炯炯有神、威风凛凛，有明辨是非的能力，其实就是人们将皋陶神化后的形象。人们相信只要有皋陶在，犯人就不敢作乱，只能乖乖伏法，有了皋陶的看护，监狱的大门才会牢不可破。

另外，人们还将皋陶描绘成一种有口无肛门的神兽。凡是进入监狱的犯人都会被皋陶吞到肚子里进行度化，最后吐出来就变成了好人。其实这只神兽就是对皋陶发明的监狱的具象化演绎。监狱不就是把坏人关进去，经过批评教育、惩治

改造，让他们洗心革面，出来后再重新做人嘛！不得不说，劳动人民的想象力可
真是丰富啊！

狱神

(82) 三只眼的正义大神——马王爷

扫码收听

有句俗话想必你一定听过:“不给你点颜色看看,你就不知道马王爷几只眼!”那么问题来了，马王爷是谁？他究竟有几只眼？

关于马王爷的传说由来已久，他的来历民间也有不同版本的说法。第一种，认为马王爷是纣王长子殷郊。纣王受妲己迷惑将殷郊逐出皇宫养马，殷郊虽然遭贬，但并没有自暴自弃，反而让他更接地气，与百姓同甘共苦，大家亲切地称殷郊为马王爷；第二种说法，认为马王爷是汉武帝时期的金日磾，金日磾原本是匈奴皇子，后来归降大汉，被赐金姓，拜为马监，说白了就是个养马的官，这桥段有点类似《西游记》中天庭招安孙悟空当弼马温。但金日磾工作起来兢兢业业，自幼在草原长大的他养马、驯马是天生的好手，战马膘肥体壮。汉武帝见状十分高兴，也赏识他的人品，后来被封为侍中、驸马都尉、光禄大夫。汉武帝去世后昭帝即位，金日磾辅佐新皇亦鞠躬尽瘁，死后被封为敬侯，民间则尊他为马神，俗称马王爷。还有说马王爷是天上星宿的，又叫马灵官等。但不管马王爷的原型是谁，他正义的形象都是人们所向往的。

那马王爷多出的眼睛是怎么来的呢？这又是一个传说。话说玉帝在天庭久了，总觉得不接地气，想要深入了解一下人间的情况，于是组建了一支“天庭督查组”。小组成员分别是娄金狗、奎木狼、虚日鼠和马王爷，四位神仙领命下凡，分别去往东西南北四个方向。人间百态，既有锦衣玉食、车马簇簇、黄金万两，也有食不果腹、强取豪夺、谷贱农伤。十日后四位神仙返回天庭，汇报查访情况，娄金狗、奎木狼、虚日鼠所报皆是天平盛事，百姓安居乐业，丰衣足食。唯有马王爷所报有善有恶，有喜有忧，有祥和有疾苦。玉帝听后顿时觉蹊跷，于是又派下一组“天庭小分队”到凡间，果然发现娄金狗、奎木狼、虚日鼠收受了人间官员贿赂，瞒天昧地。只有马王爷廉洁奉公，如实禀报。玉帝了解内情后，赞赏马王爷明察秋毫，当即赏赐马王爷第三只眼睛，以便他更好地体察民情，惩恶扬善。有了第三只眼的马王爷，目光如炬，令为非作歹之人望而生畏，于是便有了"三只眼的马王爷是不好惹的"这句民间俗语。

【马王爷】

(83) 草根逆袭记——千里眼、顺风耳

扫码收听

天庭情报机关最出名的特工莫过于千里眼和顺风耳，“人在做天在看”指的可能就是他俩。说起这两兄弟，经历可非同一般。

千里眼和顺风耳本名高明、高觉，是棋盘山上千年的桃树和柳树，因汲取天地灵气，修炼成精，后又借轩辕庙泥塑鬼使之身幻为人形，高明长得面如淡金，眼射白光，巨口獠牙，手上一支方天画戟威力无比，最令人称奇的是他可以眼观千里；高觉耳似金提，宽大非常，甚是怪异，手中一把钢板长斧所向披靡，更有耳听千里之能。二人因脱离了树的本体可来去如风，只要树根不断还可以死而复生。

高明、高觉仗着自己的本领下山闯荡，正赶上纣王广招能人异士，二人揭下招贤榜投靠到殷商，和“梅山七怪”为伍，与西岐为敌，成为姜子牙的心腹大患。西岐先后派出哪吒、李靖、杨任前去迎战，每每胜利在望之即，这二人便幻化为光化为气而逃脱。更糟糕的是，高明可以轻而易举看到西岐军营动态，而高觉则能清楚听到西岐的战略部署，以致西岐大军屡遭战败。姜子牙甚至一度以为队伍里出了内奸，无奈之下，派杨戬前往玉泉山金霞洞求助玉鼎真人。按照玉鼎真人指点，姜子牙命李靖带人到棋盘山挖断桃柳二树的根脉，并用火焚尽，又让雷震子将轩辕庙中泥塑鬼使雕像捣碎，彻底绝了高明、高觉灵气，使之神通尽失。两军阵前，姜子牙使出法宝打神鞭，二人当场命丧黄泉。此后魂归封神台，但奇怪的是，封神榜的名单中并没有他俩人的名字。

高明、高觉再次闪亮登场已经是玉帝身边的得力神将，以千里眼和顺风耳的身份成功入职天庭情报机关，负责洞察天、地、人三界。此时他们的法力值再度提升，不仅能看得远听得远，还能将之前的影像还原回放，并无限储存。正是有这样的法力加持，不久后二人又迎来事业的高光时刻。妈祖被封为新任海神，玉帝将他们指派给妈祖作为身边护法，协助妈祖济世救人。

至此，千里眼和顺风耳从人人喊打的精怪，成功逆袭成为受世人尊重的护法神。

【千里眼、顺风耳】

扫码收听

84 离地三尺有神明——日夜游神

日游神和夜游神都是幽冥地府的巡使，每日游走人间，监察善恶之事，不同的是，一个负责白天，一个负责夜晚，他们的行走方式很特别，既不双脚着地，也不腾云驾雾，而是离地三尺，悬浮于半空。可见，不止举头三尺有神明，离地三尺也有神明。

日游神本名温良，天生三只眼，凭借手中一对狼牙棒占据白龙山与悍匪马善共同为王，本以为做一名强盗已经很有前途了，怎知命运的齿轮不停转动。一次日常的拦路抢劫温良却劫到了从九华山来的殷商太子殷郊，温良岂能错过这改换门庭的好机会！从草寇到将军，一跃成龙，于是温良果断归顺。殷郊本来要去协助武王伐纣，结果半路遇见申公豹，头脑一热又"反水"与西岐为敌，温良也稀里糊涂地加入了征讨西岐的战斗中，本想着建功立业，奈何周军高手如云，在与哪吒对战中被全面碾压。情急之下温良祭起白玉环，以为法宝在手，胜券在握，结果被哪吒的乾坤圈打得粉碎，身受重伤正欲逃跑，又被杨戬穿透眉心，饮恨西北。死后，温良登上封神榜，被姜子牙封为日游神，也算完成他一个当官的愿望。

民间有句俗语"天惶惶，地惶惶，我家有个夜哭郎，过往神仙念一遍，一觉睡到大天亮"，讲的就是夜游神。夜游神本名乔坤，是武夷山白云洞的散仙道人，听闻截教摆下化血阵，特下山助姜子牙一臂之力，奈何修为有限，刚上场就领了"盒饭"，孙天君一把黑砂撒在他身上，当即化为血水，一道魂魄去往封神台，被封为夜游神。话说这乔坤多少有点走捷径的嫌疑，自己平庸无奇，还未被邀请就千里赴死，看来他参透了封神的逻辑，与其自己苦苦修炼，不如死后封神来得痛快。

日夜游神

(85) 三界纪律监察员——夜叉与判官

扫码收听

在中国古代的神话传说中有三界的说法，即天界、人界、冥界。它们相互独立，又紧密相连，接受玉皇大帝的统一管理，又分别设立副职，协助玉皇大帝管理三界。在三界副职下又分别设有不同的岗位，负责不同的事务。其中，夜叉负责的是三界纪律监察，判官则负责人的生死轮回。

通常来说，夜叉分为三大类：

一类是巡海夜叉，专门负责监察海里得道的神仙，包括龙子龙孙们的行为是否检点、是否得当。巡海夜叉长得青面獠牙，一张血盆大口，动作敏捷迅猛，擅长在幽暗的海底和冥界潜伏，伺机而动。

一类是陆地夜叉，专门负责监察当地的神仙，包括土地公、土地婆、山神以及陆地上成仙的小神灵，做事情是否遵守规矩、严守纪律。陆地夜叉长得奇形怪状，眼睛一个在头顶上，一个在下巴上，头发直立有几丈高，还冒着火焰，让人想起来就害怕，不敢行恶事，就怕把他们给招来。

一类是飞天夜叉，专门负责监察天庭的神仙，察看他们是否以身作则。飞天夜叉长着两个翅膀，能在天上飞，擅长隐藏行迹，他们的身体有时候是红色，有时候是蓝色，有时候是牛头，有时候是兽身，让各位神仙捉摸不透，防不胜防，只能自我约束好行为。

三界中所有的夜叉都隶属于神仙界纪律监察委员会，统一由委员会主任姜子牙领导。夜叉在巡视过程中一旦发现有神仙行为不当，不守礼法，就直接向姜子牙汇报。姜子牙就会根据具体情况给予相应的惩处。

　　判官隶属于城隍，每个城隍庙里都有一个判官。他们表面上长得凶神恶煞，看似阴险狡诈，实际上十分公正、正直，对好人仁慈善良，对坏人则绝不姑息。每个判官都有一本生死簿和一支勾魂笔，凡有人做了好事，比如铺路修桥、帮助他人，判官就会在生死簿上给此人添上一笔，这一笔就是增加一岁的寿命。反之，如果有人不孝敬父母，横行霸道，判官就会给此人删除一笔，减去一岁。判官做好日常记录，并上交给城隍，城隍再报给阎王爷。好人则颐养天年，寿终正寝，坏人死后则受尽酷刑，甚至是打入十八层地狱，永世不得投胎。

　　作为三界纪律监察系统中的一员，夜叉日夜巡视，判官详细记录，两人不辞辛苦、任劳任怨，与其他同僚共同织就了一道疏而不漏的天网。俗话说，举头三尺有神明，千万不要心存侥幸，你的一举一动可都在他们的掌控之中啊！

86 驱魔帝君——钟馗

扫码收听

"功名梦一场，除妖真栋梁。一把斩鬼剑，至今闪寒光。"这诗句赞的就是钟馗。钟馗在民间是知名度很高的神祇，钟馗捉鬼、钟馗嫁妹的故事广为流传。钟馗是杀鬼斩妖的伏魔将军，祈福除邪的正神，深受百姓爱戴。

相传钟馗是终南山的一名书生，才高八斗，聪明过人。唐武德年间进京赶考，一举拔得头筹。据说参与阅卷推举的还有唐宋八大家之一的韩愈，钟馗满怀期待来到金殿等待皇帝御笔钦点，可德宗一见到钟馗却面露难色，连连摇头，心中大为不悦，认为钟馗面貌丑陋有损国家体面，竟下旨削去了他的状元。钟馗犹如五雷轰顶，想着自己十年寒窗只为有朝一日出人头地，怎料当朝天子竟如此浅薄，只因自己有才无貌便遭嫌弃，心中充满了不平和愤恨。于是，他选择了最极端的方式，一头撞死在金殿之上，血溅龙庭。德宗大为震惊，更是无比自责，遂下旨将钟馗以状元之礼厚葬，这也是为什么钟馗的形象都是穿着一身红色官袍的原因。

钟馗死后，怨气冲天，他的遭遇被太白金星报于玉皇大帝，玉帝感念钟馗正直刚毅，敕封他为伏魔将军。钟馗想到恶鬼最多的地方在地府，于是钟馗来到地府大开杀戒，大鬼小鬼被杀得满地府四散奔逃，孟婆的汤碗打碎了，判官的笔也折了，黑白无常的帽子都掉了……整日大鬼哭小鬼嚎。阎王实在受不了——这比当初的孙悟空闹得都厉害，于是上奏天庭，说地府的恶鬼已经被钟馗斩杀殆尽，建议钟馗去阳间斩妖除魔，玉帝采纳了阎王的建议，让钟馗在人间捉鬼主持正义。由此，钟馗便成了人间的保护神。

关于钟馗的来历还有另外一种说法。同样也是发生在唐朝，话说这一日唐玄宗忽然患病，宫内御医束手无策，就在玄宗恍惚之间，一只面目狰狞的厉鬼向他

钟馗

扑来，玄宗吓得一身冷汗。正当危急时刻，一位豹头环眼、铁面虬鬓的红衣人物及时出现，手持利剑将小鬼斩杀，一口吞到了肚子里，那人转身正要离去，玄宗急忙追问："敢问天师尊姓大名？"那人回头道："钟馗是也。"玄宗从梦中惊醒，说来也怪，这病竟也好了。玄宗马上传来画师吴道子，命他画出梦中钟馗捉鬼的画像挂于宫中。有了皇帝这个超级粉丝的宣传，钟馗的知名度迅速在全国打开，也正是从唐朝开始，民间有了请钟馗的说法，将钟馗的形象作成年画、门神，以祈福纳祥，镇宅佑安。

87 神秘的记忆刷机使者——孟婆

扫码收听

　　说起孟婆，人们就会想到那碗能够抹去前世记忆的孟婆汤，那孟婆为什么要熬那碗汤？一个老妇人又为何要跑到地府去做阴使？关于孟婆的传说民间颇多，最早的还要从鸿蒙初开说起。

　　传说孟婆是天地初开时的一位散仙，也是天界数一数二的美女，心存悲悯情怀，关爱生灵万物，她曾参与创造这世间的一切，是上古尊贵的大神。随着人类繁衍，万物生长，天道设置出生老病死、六道轮回来维持宇宙平衡。渐渐地孟婆发现，生灵在轮回过程中还保留着前世的记忆，这使得人间的秩序变得混乱。于是她来到地府，在奈何桥边支起大锅，用一滴离娘泪、两把伤心粉、三杯苦劳酒、四两悔恨散、五钱相思草、六碗贫困水、七两离别油、八种忘记神香熬成一碗可以抹去记忆的孟婆汤，过往的亡魂喝掉此汤，忘却生前一切，重新开启新生。

　　在元代还有一种特别流行的说法，即孟婆就是孟姜女。相传孟姜女成婚不久，丈夫范喜良就被征修长城，孟姜女一个人在家中苦等数年不见丈夫归来，于是前往长城寻夫。她翻山越岭来到长城脚下却被告知丈夫早已不在人世，孟姜女悲痛欲绝伏在城头放声痛哭，哭了整整三天三夜，长城被哭得崩塌。孟姜女哭长城感动上天，天帝免去她六道轮回之苦，让她在忘川河熬制孟婆汤，让轮回阴魂忘记前世的一切。

　　到了清代还有传说孟婆是西汉时期一名姓孟的富家小姐，自幼饱读诗书，沉醉于佛法道心，两耳不闻窗外事，整日诵经抄录，随着岁月的流逝，她渐渐忘却了时间，忘却了从前，后来干脆隐遁深山，潜心修行。然而当时世上有很多带着前世记忆的修道者，他们机缘很深，因此很多天机被参透，天帝为阻止天机泄露，封虔诚的孟婆为幽冥之神。

　　总之，孟婆的身世很神秘，她的孟婆汤，更神奇。

【孟婆】

扫 码 收 听

88 阴间使者——牛头马面

中国的神话传说中蕴含着人们对善恶的评判，承载着传统文化的厚重和积淀。传说里既有来自天庭的神仙，也有来自地府的鬼怪，其中有这样一对形影不离的阴间搭档叫做牛头马面。

牛头原名叫牛不耕，马面原名叫马不颠。这两个人活在人世时，品行卑劣，薄情寡义，刻薄残忍，不孝顺父母，不讲仁义道德，可谓是大奸大恶之人。死后两人碰巧一起来到了阎罗殿接受审判，阎王爷上下打量了他们一番后，照例开始翻看生死簿，越看脸色越难看，越看越生气。看到最后，阎王爷眼露寒光，厉声喝道："你们这两个不忠不孝、不仁不义之人，真是不配做人，以后就待在这地府里工作吧，永世不得轮回！牛不耕，马不颠，你们就永远做牛做马吧！"两人跪在阎罗殿下，吓得浑身颤抖，动都不敢动，只觉得脸上身上一阵剧痛，再仔细看时，已然变了模样。牛不耕变成了牛头人身，两只脚也变成了牛蹄。马不颠则变成了马头人身。

从此阴曹地府中又新入职了一对鬼卒——牛头马面，专门负责押送罪孽深重、恶贯满盈的恶人。每次阎王爷审判结束后，牛头马面就将鬼魂押到望乡台，让他们再看一次家乡、父母、亲人，做最后的道别，同时回顾自己一生的所作所为。这时候，牛头马面就会现身说法，苦口婆心地以自身的经历教育这些鬼魂，让他们引以为戒，深刻反省，来世一定洗心革面，做个好人。

所谓"种其因须食其果"，牛头马面用亲身经历告诉我们，做人做事一定要向善而行，否则大错铸成，追悔莫及！

【牛头马面】

⑧⑨黄泉路上引路人——黑白无常

白无常名叫谢必安，黑无常叫范无咎（或称范无救），二人从小一起长大，情同手足。一日二人相约去往福州郊外游玩，不料途中遭遇大雨，眼看夜幕降临雨却越下越大，谢必安提出自己去寻找遮挡之物，让范无咎在原地的破屋避雨等自己。谢必安寻找遮挡物的过程并不顺利，跌跌撞撞好不容易找到几片破席子，回去的时候又迷了路，可当他赶回时却发现范无咎已死在屋中。破屋经不起狂风暴雨而坍塌，将范无咎砸晕，恰巧此处地势又低洼，雨水很快灌进来将范无咎淹没，其实范无咎本可以在倒塌前离开，但他惦记着谢必安的嘱托，思前想后决定信守承诺留在原地等待。谢必安痛不欲生，选择在林中上吊自尽。

二人魂魄来到阴曹地府，阎王被他们重情重义、信守承诺的品格打动，免去他们轮回之苦，让他们在地府担任无常之职，即谢必安为白无常，范无咎为黑无常，负责从阳间押解亡灵去往酆都。二人封完官职，形象也随之发生变化，白无常一身白衣，头戴白帽，上写"正在捉你"，手握小旗，上写着"一见生财"，因上吊而亡，舌头一直露在外面，看上去十分恐怖；黑无常全身黑衣，头戴黑帽，上写"你可来了"，打个小旗，上写着"天下太平"，因溺水而亡，脸色青黑，让人望而生畏。他二人手执脚镣手铐，负责在阳间缉拿鬼魂送往地府，赏善罚恶，黄泉路上主打的就是一个陪伴。

扫码收听

⑨冥界之主——酆都大帝

民间有句谚语"阎王叫你三更死，谁敢留人到五更"，因此很多人认为阎王就是地府的老大，实际上并不是。地府有十殿阎罗，即十个阎王，阎王作为第五殿阎罗，应该算是个中层干部，地府真正的老大，其实是酆都大帝，又称北阴大帝，他是天下鬼魂之宗，是冥界最高神灵。

天上有玉皇大帝管理天上人间，地下有酆都大帝统御阴曹地府幽冥之界。在中国神话传说中，天下生灵死后都要进入地府，他们的生死之期、转世轮回、福祸果报都由酆都大帝掌判。酆都大帝在地府拥有至高无上的权利，四大判官、五方鬼帝、十殿阎罗、十八层地狱，阴使阴差都由他统领，他是冥界之主，他的化身十分传奇。

相传女娲造人后期为了追求产量，出现不少"残次品"，泥胎土塑，有的断裂，有的干脆不成型，鸿钧老祖见此状便向女娲建议将这些"残次品"交由一人统一管理，重塑其身。女娲觉得鸿钧老祖所言甚是，自己此刻忙着炼石补天，实难分身，但是找谁完成这项工作是个难题。鸿钧老祖想到当初盘古开天辟地之时所用的巨斧还未转化成型，于是念动咒语将巨斧化为酆都大帝，命他管理地府，司掌生灵轮回转世，二次再造。

酆都大帝旗下有十个阎王，称为十殿阎罗，一殿秦广王、二殿楚江王、三殿宋帝王、四殿仵官王、五殿阎罗王、六殿卞城王、七殿泰山王、八殿都市王、九殿平等王、十殿转轮王，传说人死之后会经过这十殿，最后才能投胎转世。生前积善者轮回后可平安富贵，生前作恶者要在地府接受刑法，甚至打入十八层地狱，就算转世投胎也是非驴即马。

因此，才有了酆都大帝的名言："但知行好事，莫要问前程。"

【酆都大帝】